NO
O
SO
60
55
5
10
15
20
30
25
90
10
20
10
15
15
30
20

THiLO

3 für alle Fälle · Mord in der Domstadt

Alle Krimifälle:

Band 1: Mord in der Domstadt
Band 2: Raubzug der Geister

3 für alle Fälle

THiLO

Mord in der Domstadt

Illustrationen von Hauke Kock

Loewe

ISBN 978-3-7855-6872-9
1. Auflage 2010

Umschlag- und Innenillustration: Hauke Kock
Umschlaggestaltung: Christian Keller
Printed in Germany (007)

www.loewe-verlag.de

Inhalt

Sperrmülltag 11
Ein mysteriöses Handy 21
Tatortbesichtigung 28
Knopfdruck mit Folgen 39
Ein Mann macht sich verdächtig 45
Verfolgung 53
Die enttäuschte Braut 64
Der jähzornige Vater 75
Eine neue Wahrheit 85
Jede Menge Vermutungen 95
Der Rouhde Kopp 102
Der Vogel ist ausgeflogen 111
Geheimes Treffen 122
Gerechte Strafe 133

Sperrmülltag

Elektroartikel aller Art
VERKAUF & REPARATUR
Inh. Paul Weiß + Jennifer Maibaum

Das stand mit großen krakeligen Buchstaben auf dem Schild am Zaun. Der Mann blieb stehen. Vögel zwitscherten in den Bäumen. Über dem Schild hing, sorgfältig mit Schrauben und Blumendraht befestigt, ein Schaukasten. In dem Kasten waren Fotos von einem Radio, einem Mixer und einer Mikrowelle ausgestellt. *Zu verkaufen* stand auf dem Rand der Bilder. *Billig!*

Der Mann sah die Fotos an und nickte zufrieden. Er hatte gefunden, wonach er so lange gesucht hatte. Ruhig streifte er seinen rechten schwarzen Handschuh ab. Mit der Kuppe des Zeigefingers tippte er leicht an das Schloss. Der Riegel drehte sich zur Seite und die Glastür sprang auf.

Der Mann griff in seine Tasche und zog

ein sorgfältig eingewickeltes Päckchen hervor. Behutsam, als könnte es sonst zerbrechen, legte er das Päckchen in den Schaukasten. Dann hängte er das Foto mit dem Radio ab, kritzelte mit einem roten Stift eine Nachricht auf die Rückseite und legte das Bild zu dem Päckchen.

Er tippte an das Schloss. Die Tür schwang zu und der Riegel drehte sich von allein. Der Schaukasten war wieder verschlossen.

Ruhig zog der Mann seinen Handschuh über. Dann ging er die Straße hinunter. Langsam, ohne Hast. Er drehte sich auch nicht um, ob ihn jemand gesehen hatte. Er wollte nicht gesehen werden, also sah ihn auch niemand.

Auch nicht die beiden Kinder, die jetzt auf ihren Fahrrädern an ihm vorbeisausten. Er blickte ihnen nach. Das waren sicher die beiden: Paul Weiß und Jennifer Maibaum.

„Sperrmülltage sind einfach fantastisch!“, rief Paul. Er trat kräftig in die Pedale. Trotz der Uhrzeit war er hellwach. Der alte Fernseher und der Drucker auf seinem Anhänger rutschten hin und her. Das machte aber nichts. Paul würde sie sowieso bald gründlich reparieren. Es war Nachschub für das Geschäft, das er mit Jenny gegründet hatte. Zusammen suchten sie an Sperrmülltagen die Stadt nach brauchbaren Geräten ab. Ganz frühmorgens, bevor die Müllwagen kamen. Paul reparierte alles. Und Jenny kümmerte sich um den Verkauf. Sie konnte die Leute schwindelig reden. Eine hübsche Summe hatten sie schon auf diese Weise zusammenbekommen. Die Hälfte ihrer Einnahmen gaben sie sofort aus, für Eis und Kino. Der Rest aber wurde gespart, das war Jennys eiserne Regel. „Man weiß nie, ob mal schlechte Zeiten kommen“, sagte sie immer. Auf jeden Fall lohnte es sich. Ihr Sparschwein war inzwischen mächtig schwer.

Paul bog in den Sandmühlweg ein. Mit geübtem Blick überflog er die großen Haufen auf dem Bürgersteig. Doch im Gegensatz zu den Funden in ihrer eigenen Straße schien es hier nichts Brauchbares zu geben. Nur ein schimmeliges Sofa stand dort. Und ein wackeliger Schrank. Kein Grund anzuhalten. Lieber weiterfahren.

„Stopp!“, rief Jenny ihm zu. Ihre Bremse quietschte. Sofort drehte Paul um und fuhr zurück. Auf den Spürsinn seiner besten Freundin konnte er sich immer verlassen.

Jenny sprang so schnell vom Sattel, dass ihr blonder Pferdeschwanz hüpfte.

Paul lachte. Er wusste schon, was sie erspäht hatte: die große Schublade des

Schranks. Alles Verschlossene lockte Jenny an wie Käse eine Maus.

Tatsächlich kniete sich Jenny neben den Schrank und zog an der Schublade. Nichts tat sich. Sie war abgeschlossen.

„Gib's auf", schlug Paul grinsend vor. Er wusste ganz genau, dass sich Jenny von verriegelten Schlössern nicht abhalten ließ. Im Gegenteil, das machte sie nur noch neugieriger.

Jenny kramte in ihrer Tasche und zog einen Schlüsselbund hervor. Lauter uralte Schlüssel hingen daran. Sie waren alle vom Sperrmüll. Jenny hatte den Rost herunterpoliert und hütete sie wie einen wertvollen Schatz.

„Aufgeben?", rief sie empört. „Niemals!"

Sorgfältig suchte sie einen Schlüssel aus und stocherte damit im Schlüsselloch herum.

Beim dritten Versuch machte es *klick!* und Jenny strahlte bis über beide Ohren.

„Na also!", jubelte sie. Mit einem Ruck zog sie die Schublade auf.

Paul staunte. Der Besitzer war offensichtlich Fan von Comics gewesen. Und seine Sammlung hatte er hier verstaut.

„Mann!", stöhnte er begeistert. „Die sind ja alle mehr als dreißig Jahre alt! Da wird sich aber jemand freuen!"

Er ließ die Hefte durch seine Finger gleiten. Batman, Superman, Die fantastischen Vier … Sein kleiner Bruder Finn war zwar erst in der ersten Klasse, aber Comics verschlang er schon seit Langem. Besonders die Superhelden hatten es ihm angetan.

„Der Schrank stand bestimmt in einem Kinderzimmer", spekulierte Jenny. Das war eine ihrer Lieblingsbeschäftigungen. Eine Erklärung für alle kleinen Geheimnisse der Welt zu finden. „Die Hefte liegen dort versteckt, weil der Junge eigentlich keine Comics kaufen durfte. Nur nachts hat er sie hervorgeholt und heimlich unter der Bettdecke gelesen. Aber dann hat ihn seine Mutter dabei erwischt und als Strafe den Schlüssel weggeworfen." Jenny sah von der Schublade auf. „Da hockte nun der Junge jeden Abend vor seinem Schrank.

Die Hefte nur Zentimeter von ihm entfernt. Und doch unerreichbar."

Paul lachte. Jenny hatte einfach eine unschlagbare Fantasie.

„Er würde sich bestimmt freuen, wenn sie jetzt ein anderer Comicsüchtiger bekommt", beschloss er. Gemeinsam schleppten sie Stapel für Stapel zu ihrem Anhänger.

Jenny wirkte jedoch etwas betrübt. So ganz konnte sie Pauls Begeisterung nicht teilen.

„Wann finde ich endlich mal ein Diamantarmband?", fragte sie.

Aufmunternd knuffte Paul seiner Freundin mit dem Ellenbogen in die Rippen. „Am besten noch eine Königskrone, was?"

Jenny grinste. „Mindestens! Das ist ja das Schöne an unseren Sperrmülltagen: Man weiß vorher nicht, was man für Schätze findet."

Paul schwang sich wieder auf den Sattel seines Fahrrads. Er sah auf seine goldene Taschenuhr, die er von seinem Großvater geerbt hatte. Mit einer Kette war sie an seinem Gürtel befestigt. Es war noch früh und es gab noch so viele Straßen abzuklappern. Während er nach Elektroschrott Ausschau hielt, suchte Jenny weiter nach dem großen Geheimnis. Manchmal ließ sie sich dabei von ihrem Kompass leiten. Sie hatte ihn in einer kleinen verschlossenen Truhe gefunden und behauptete, im Westen seien die besten Geheimsachen zu finden.

Jenny überholte Paul und fuhr im Slalom um ein paar Stühle herum. „Lass uns mal

weiter im Westen suchen“, schlug sie vor. Paul grinste. Sie war wirklich seine beste Freundin. Noch ganz genau konnte sich Paul an den Tag erinnern, als Jennys Familie in das Nachbarhaus gezogen war. Vor drei Jahren war das gewesen. Zuerst hatte er sie doof gefunden. Aber am ersten Schultag hatte sich Jenny neben ihn gesetzt. Obwohl ihre Lehrerin sie eigentlich an einen anderen Tisch eingeteilt hatte. „Den Paul kenne ich schon“, hatte Jenny damals gesagt. „Von hier bringen mich keine zehn Pferde weg.“ Und seitdem waren sie nahezu unzertrennlich.

Noch zwei Stunden lang durchsuchten sie die Stapel am Straßenrand. Elektronische Geräte fanden Paul und Jenny noch jede Menge. Doch das größte Geheimnis wartete zu Hause auf sie.

Jenny erspähte es als Erste. „Hey!“, rief sie. „Da war jemand an unserem Schaukasten!“

Sie sprang vom Fahrrad und ließ es einfach auf den Bürgersteig knallen. Vorsichtig rüttelte sie an der Tür. Doch Paul sah sofort, dass sie fest verschlossen war, genau wie heute Morgen.

„Da liegt was drin!“, rief Jenny ihm zu. Paul parkte ordentlich. Schließlich war seine Ladung wertvoll.

„Hm“, murmelte er nachdenklich. Er wühlte in seiner Hosentasche. Der Schlüssel war noch da. Und einen zweiten gab es nicht. Paul sah sich um.

Aber da war niemand. Auch kein Mann mit einem schwarzen Handschuh.

Ein mysteriöses Handy

Plötzlich fühlte sich Paul unwohl. Jemand hatte an ihrem Schaukasten herumgefummelt und etwas hineingelegt. Es war also scheinbar sehr leicht, das Schloss zu öffnen.

„Außer dir kenne ich niemanden, der dazu fähig ist“, murmelte er. Mit den Fingern fuhr er vorsichtig über den Riegel. Er war unbeschädigt.

Jenny schnitt eine Grimasse. „Sollte das ein Kompliment sein?“, fragte sie verwundert. „Ich knack doch nicht unser eigenes Schloss, um dir einen Streich zu spielen.“

Paul legte ihr beruhigend die Hand auf die Schulter. „So habe ich das nicht gemeint“, entschuldigte er sich. „Aber wer kann so etwas gemacht haben?“

Jenny zuckte mit den Schultern. „Ich glaube, das Päckchen da drin wird uns eine Antwort geben.“

Paul steckte den Schlüssel ins Schloss und öffnete die Glastür. Vorsichtig hob er das Päckchen hoch – und ließ es beinahe wieder fallen. Obwohl es in der prallen Sonne lag, war es kalt wie Eis.

Jenny sah ihn erstaunt an. Sie hatte sich inzwischen das Foto mit der Nachricht geschnappt. „Hier steht ‚Bitte überprüfen'", las sie vor. „Und ‚Tasten klemmen'. Kein Absender. Wer immer es auch war, Vertrauen zu uns hat er scheinbar."

Paul atmete laut aus. Also eine ganz harmlose Erklärung. Heute Morgen hatte er ein neues Foto in den Kasten gehängt. Vor lauter Eile hatte er wahrscheinlich nicht richtig abgeschlossen.

„Bloß ein Kunde", seufzte Jenny enttäuscht. Das große Geheimnis ließ noch immer auf sich warten.

Paul steckte das Päckchen in die Hosentasche. Die Kälte drang durch den Stoff an seinen Oberschenkel. Schnell öffnete er die Gartentür und schob sein Fahrrad über den Weg zur Gartenhütte. Jenny half hinten am Anhänger beim Schieben.

Paul sprang die Stufe zur Hütte hinauf und öffnete die Tür. Hier drin herrschte das übliche Chaos. Auf der großen Werkbank lagen unzählige Schrauben und Muttern. Ein geöffneter Fernseher wartete auf die letzten Handgriffe. Schaltpläne waren ausgebreitet. Paul grinste. Hier fand sich nur ein Bastler wie er zurecht.

Jenny drückte sich an ihm vorbei und ließ sich auf das Sofa fallen. Es war rosa wie ein Ferkel. Die alten Metallfedern quietschten auch wie kleine Schweinchen, wenn man sich mit Schwung in die Polster warf.

„Jetzt mach endlich das Päckchen auf", drängelte Jenny.

Paul nahm eine Schere und setzte sich zu ihr. Zunächst betrachteten sie das Päckchen ganz genau. Irgendetwas Hartes war in eine alte Zeitung eingewickelt. Dickes Paketband hielt das Papier zusammen.

„Ein Telefon", vermutete Jenny. „‚Tasten klemmen' steht doch auf dem Zettel. Was sollte es sonst sein?"

Paul zerschnitt das Paketband und wickelte das geheimnisvolle Gerät aus. Jenny hatte richtig kombiniert. Es war ein Handy. Ein winziges schneeweißes Handy mit einem sehr großen Bildschirm. Neuestes Modell. Eigentlich ein Modell, das Paul noch nie gesehen hatte. Ein Markenname stand nicht darauf.

Missmutig warf Paul die Zeitung hinter sich. Er war ein bisschen enttäuscht. Warum hatte der Kunde nicht abgewartet, bis sie von ihrer Fahrt durch die Stadt zurück waren? Er drückte auf den Tasten herum. Sie klemmten tatsächlich. Keine große Sache. Das bekam er wieder hin. Als er das

Handy zu dem auseinandergebauten Fernseher auf die Werkbank legen wollte, stockte er.

„Moment mal“, murmelte er überrascht. „Da stimmt doch was nicht …“

Er drehte und wendete das Telefon in seinen Händen. Aber es blieb dabei. „Es hat nur Tasten mit Zahlen darauf. Außerdem einen Auslöser für den Fotoapparat“, sagte er verblüfft.

Jenny zuckte mit den Schultern. „Na und?“, antwortete sie. „Was erwartest du? Eine Bohrmaschine oder ’nen Glücksspielautomaten?“

Paul verdrehte die Augen. Jenny fand zwar jedes technische Gerät im Sperrmüll, so tief es auch vergraben war. Aber Ahnung von Technik hatte sie so viel wie ein Eichhörnchen.

„Es gibt keine Taste, um ein Gespräch anzunehmen“, erklärte Paul seiner Freundin. „Und wenn man gewählt hat, kann man trotzdem nicht anrufen, weil es keine Absendetaste gibt.“

Jenny zog die Nase kraus. Paul sah, wie

es hinter ihrer Stirn arbeitete. Aber eine Erklärung fand sie auch nicht.

Paul nahm einen Schraubenzieher vom Wandregal. Bei Werkzeugen hielt er Ordnung. Jetzt hatte ihn der Ehrgeiz gepackt. Das Ding musste doch zu reparieren sein! Und dann löste sich sicher auch das Geheimnis um die fehlenden Tasten in Luft auf.

Er spürte, wie Jenny neben ihn trat. Neugierig spähte sie ihm bei der Arbeit über die Schulter.

„Hmpf", knurrte Paul. Es gab keine Schrauben. Das Handy schien nicht einmal ein Fach für den Akku zu haben. Und auf dem Bildschirm tat sich nichts. Das hier würde sein ganzes Können erfordern.

Da Paul nicht wusste, wo er sonst anfangen sollte, nahm er sich zunächst den Auslöser des Fotoapparats vor. Mit einer Stecknadel machte er vorsichtig die Zwischenräume sauber. Dabei drückte er immer wieder auf den klemmenden Tasten herum. Aber nichts tat sich. Auch ein Foto konnte er nicht schießen. Der Bildschirm blieb schwarz.

Jenny hatte sich inzwischen wieder auf das Sofa zurückgezogen. Lustlos blätterte sie einige der Superheldencomics durch. Geduld war nicht gerade ihre Stärke. Gern hätte Paul ihr ein Ergebnis seiner Arbeit präsentiert, aber es gab keins. Aus dem Augenwinkel sah er, wie Jenny nach der Zeitung griff, in die das Handy eingewickelt gewesen war.

Plötzlich sprang sie auf. Mit zittrigen Fingern hielt sie Paul die Seite unter die Nase. Auf dem Papier war mit einem roten Stift herumgekritzelt worden. Mit demselben roten Stift wie auf ihrem Foto. Ein Artikel war mehrfach umrandet.

„Lies doch die Überschrift!", forderte ihn Jenny auf. Ihre Stimme klang aufgeregt.

Paul legte den Schraubenzieher zur Seite.

Sumpfleiche am Rhein entdeckt lautete die Schlagzeile. Daneben war gut sichtbar eine blutrote 1 gemalt.

Tatortbesichtigung

Zwei Sekunden lang starrten sich Jenny und Paul fassungslos an. Dann wusste Paul, was hier gespielt wurde. Das Ganze war einfach eine Spur zu rätselhaft.

„Fiiiiinn!“, brüllte er. Es konnte sich nur um einen Streich seines Bruders handeln. Sicher hockte er irgendwo im Gebüsch und lachte sich über sie kaputt.

Nur einen Augenblick später linste Finn in die Hütte. „Na, habt ihr was Schönes gefunden?“, fragte er fröhlich. Konnte man so unschuldig tun? Wenn Finn irgendetwas mit dem Handy zu tun hatte, war er jedenfalls ein ausgezeichneter Schauspieler. Als er die Comics entdeckte, setzte er sich aufs Sofa.

Paul hielt seinem kleinen Bruder das Handy unter die Nase. „Was ist das?“

Finn sah nur kurz von einem Batman-Heft auf. „Ein Handy, würde ich sagen.“ Jenny schüttelte den Kopf. Finn konnte es nicht gewesen sein. Paul aber war noch nicht vollends überzeugt.

„Was hast du den ganzen Morgen gemacht?“, erkundigte er sich.

Finns Augen glänzten. „Ich habe unter der Tanne gelegen und Verbrechern aufgelauert“, verkündete er begeistert. Er zog einen Block und seine Stoppuhr aus der Tasche. „Hier stehen alle Nummernschilder drauf und wie lange die Autos in der Straße waren. Wenn hier irgendwo eingebrochen worden ist, bin ich für die Polizei der beste Zeuge.“

Jenny rollte mit den Augen. Finn lebte in einer Welt, die von Dieben und Mördern nur so wimmelte. Deshalb versuchte er auch ständig, einen Verbrecher zu fangen. Bisher natürlich vergeblich. In Mainz passierte selten etwas Gefährliches. Und schon gar nicht in ihrer Nachbarschaft.

Aber Paul horchte trotzdem auf.

„Hast du gesehen, ob jemand an unserem Schaukasten war?“, fragte er.

Finn nickte. „Ja!“

Paul und Jenny sahen sich an. Sie kamen

dem Rätsel auf die Spur. „Wer?“, platzte Paul heraus. „Sag schon!“

Finn blätterte um. „Mama“, antwortete er beiläufig. „Sie hat die Scheibe geputzt.“

Paul seufzte. Die kleine Nervensäge war aber auch wirklich zu nichts zu gebrauchen.

„Finn“, sagte er grob. „Die Comics sind für dich. Aber nur, wenn du sie in deinem Zimmer liest. Hier ist nämlich kein Platz für Superhelden.“

Finn ordnete die Hefte zu einem Stapel und stand auf. „Ist gut“, murmelte er etwas enttäuscht. „Wann darf ich endlich bei eurer Bande mitmachen?“

Paul schob ihn zur Tür. „Wie oft soll ich dir noch sagen: Wir sind keine Bande!“

In der Zwischenzeit hatte Jenny

den Zeitungsartikel ganz durchgelesen. „Weißt du was?“, schlug sie vor. „Wir sehen uns die Sumpfleiche einfach mal an.“

Paul verzog das Gesicht. „Die Leiche ansehen? Wie meinst du das?“

Jenny drehte die Zeitung zu ihm herum und tippte auf den oberen Rand. Dort stand das Datum. „Das ist kein Altpapier“, erklärte sie, stolz auf ihre Entdeckung. „Die Zeitung ist von heute. Hör zu: ‚Bei Ausbesserungsarbeiten am Rheinufer haben Bauarbeiter eine mumifizierte Leiche ans Tageslicht befördert. Zurzeit wird die Leiche von Medizinern untersucht, um die Todesursache festzustellen.‘“ Sie sah auf. „Das heißt, sie wollen herausfinden, woran die Person gestorben ist.“

Paul legte das Handy auf den Tisch. „Gut“, stimmte er zu. „Sehen wir uns da mal um. Vielleicht kriegen wir dort raus, wer uns dieses Ding gebracht hat.“

Jenny lachte. „Und wenn nicht, haben wir wenigstens eine Sumpfleiche gesehen! Ich hab gar nicht gewusst, dass es in Mainz Sumpf gibt.“

Paul spannte den Fahrradanhänger ab. Er sah auf die Uhr. Es war bald Mittagszeit. Aber an diesem Samstag waren seine Eltern zum Abendessen eingeladen. Deshalb gab es jetzt nur belegte Brötchen. Jenny und Paul stopften sich ein paar Brötchen rein, dann brachen sie auf. Vorsichtshalber schrieb Paul seinen Eltern noch einen Zettel. Sie waren einkaufen und sollten sich keine Sorgen machen, wenn sie zurückkamen und er weg war. Die Sumpfleiche erwähnte er aber lieber nicht.

So schnell sie konnten, rasten sie zum Rhein. Jenny hatte es offenbar genauso eilig wie er, hinter das Rätsel des Handys zu kommen.

Doch in der Innenstadt mussten sie die Fahrräder schieben. Rund um den Dom waren Marktstände aufgebaut. Gemüsefrauen verpackten ihre Waren in braune Papiertüten. Kunden versuchten, mit ihnen um den Preis zu feilschen. Paul blinzelte gegen die Sonne. Die gewaltigen Türme des Doms ragten in den Himmel. Über tausend Jahre alt war das Gebäude.

Jedenfalls Teile davon. Was der schon alles erlebt hat!, schoss es Paul durch den Kopf.

Mühevoll schlängelten sie sich durch die Menschenmassen. Dann überquerten sie eine breite Straße und waren am Ziel. Schnurgerade führte der Rhein an der Stadt entlang. Mehrere Brücken spannten sich von Ufer zu Ufer. Über eine von ihnen rumpelte gerade ein Zug. Lastkähne tuckerten vorbei. Aber wo war die Leiche?

Paul war zum Platzen gespannt. Umso größer war seine Enttäuschung, als sie an der Fundstelle ankamen. Das Gebiet war von der Polizei weiträumig abgesperrt worden. Niedergetrampelte Büsche zeugten davon, dass am Morgen schon eine ganze Menge Leute versucht hatten, einen Blick auf die geheimnisvolle Leiche zu werfen. Mittlerweile waren aber alle Schaulustigen verschwunden.

Paul stellte sich auf die Zehenspitzen. Viel war wirklich nicht zu erkennen. Unter einer Zeltplane standen zwei Männer, der eine trug einen weißen Kittel. Sie beugten sich über einen Tisch, auf dem etwas Schwarzes

lag. Paul schauderte. Mumien kannte er aus dem Museum. Er fand sie ziemlich gruselig, aber irgendwie auch faszinierend. Er atmete tief durch.

„Steht hier ein Schild *Betreten des Tatorts verboten*?“, fragte er.

Jenny schüttelte den Kopf.

Paul grinste. Mit Schwung hob er das Absperrband hoch. „Schauen wir doch mal nach, was dort hinten passiert.“

Jenny zögerte einen Augenblick. Dann

folgte sie ihrem Freund. Leise näherten sich die beiden dem Untersuchungszelt. Die Männer waren so in ihr Gespräch vertieft, dass sie die Eindringlinge nicht bemerkten. Schnell duckten sich Jenny und Paul hinter einen Busch.

Paul sah jetzt deutlich die dunkel verfärbte Mumie. Der Tote wirkte wie aus Gummi. Paul lief eine Gänsehaut über den Rücken. Eigentlich wollte er lieber wieder verschwinden. Aber seine Neugier hielt ihn doch fest.

Der eine untersuchte die Leiche auf Verletzungen. Er war sicher Arzt. Der andere musste Archäologe sein, vermutete Paul.

„Dem Zustand nach schätze ich, dass die Person vor knapp 150 Jahren gestorben ist“, nuschelte der Arzt.

Der zweite Mann nickte. „Gut möglich“, bestätigte er. „Damals war das halbe Stadtgebiet sumpfig. Dann wurde der Rhein um 500 Meter verengt, um neues Baugebiet zu gewinnen, und der Sumpf wurde trockengelegt.“

Jetzt beugte sich der Arzt über den Kopf

der Mumie. „Auf jeden Fall war es ein gewaltsamer Tod. Sehen Sie die Verletzung am Schädel? Sie ist durch einen stumpfen Gegenstand entstanden. Vielleicht durch einen Stock oder sogar einen Hammer."

Der Archäologe sog die Luft ein. „Ob das ein Verbrechen war?", fragte er sich selbst. „Leider kann das niemand mehr herausfinden."

Paul sah zu Jenny hinüber. Er hatte genug gehört. Sie sollten sich besser verziehen, bevor es Ärger gab. Außerdem wollte er nicht, dass ihn die Sumpfmumie in seine Träume verfolgte.

Jenny schien das Gleiche zu denken. Langsam gingen sie rückwärts. Plötzlich legte sich Paul von hinten eine Hand auf die Schulter.

Nur mit größter Mühe konnte er einen Schrei unterdrücken. Finn hielt ihm das mysteriöse Handy unter die Nase. „Hier!", rief er aufgeregt. „Es hat geblinkt!"

Paul sah ihn böse an. Wieso mussten kleine Brüder eigentlich immer stören?

„Verdammt …!", zischte er.

Hinter ihm hörte er ein lautes Räuspern. Einer der Männer hatte sie nun offensichtlich bemerkt und kam auf sie zu.

Doch Finn sprach aufgeregt weiter. „Ehrlich, Paul!“, schwor er. „Ich bin noch mal in die Hütte, weil mir die Fortsetzungsgeschichte von einem Comic gefehlt hat. Und da fing es an zu blinken.“

Paul riss ihm das Handy aus den Fingern. Nichts blinkte. Es war so leblos wie den ganzen Morgen schon.

Doch plötzlich ließ sich die Fototaste drücken. Paul hatte die Kamera ausgelöst. Zu seiner großen Überraschung erschien das Gesicht der Sumpfleiche auf dem Bildschirm. Zufällig hatte er genau auf den Toten gezielt. Das Handy funktionierte also doch!

„Siehst du!“, triumphierte Finn.

Paul kam nicht dazu, zu antworten. Der Mann, den er für einen Archäologen hielt, nahm seine Brille ab. „Liebe Leute, das geht jetzt wirklich zu weit“, sagte er. Freundlich, aber bestimmt begleitete er die drei Kinder hinter die Absperrung zurück.

„Sagen Sie uns doch wenigstens, ob der Tote ein Mann oder eine Frau war“, bat Jenny. Sicher spukte ihr schon eine Geschichte durch den Kopf, was sich damals hier zugetragen haben könnte.

„Ein Mann“, antwortete der Wissenschaftler knapp und ging davon. Und dann sahen es alle drei: Das Handy blinkte!

Knopfdruck mit Folgen

Jenny, Paul und Finn standen auf der staubigen Uferpromenade und starrten das Handy an. Auf dem Bildschirm war noch immer das Foto der Sumpfleiche zu sehen. Wirklich kein schöner Anblick. Und darunter blinkte die Taste mit der 1.

„Ich … ich dachte, es ist kaputt?“, stammelte Jenny.

Paul zuckte mit den Schultern. „Dachte ich auch. Die Tasten klemmen, ich kann draufdrücken, wie ich will.“

Er probierte alle Tasten aus, aber keine ließ sich bewegen. Nicht die 9, nicht die 8, nicht die 7…

„Moment!“, stoppte ihn Jenny. Mit zittrigen Fingern zog sie die Zeitung aus der Tasche. Blutrot war der Artikel über die Sumpfleiche eingekreist. Und blutrot leuchtete die Ziffer 1 daneben.

„Es ist die 1“, flüsterte Jenny. „Du musst die 1 drücken, sie funktioniert.“

Paul sah sie staunend an. Konnte das sein? Millimeter für Millimeter rutschten seine Finger vorwärts. Endlich erreichte er die 1. Er drückte leicht. Die Taste gab nach. Sie ließ sich bewegen. Eine zarte Melodie erklang. Dann schlugen die Glocken der Domuhr. Es war zwölf Uhr.

„Mittag!“, brüllte eine tiefe Stimme. Metall schlug auf Stein.

Paul fuhr herum und stutzte. Sie standen mitten auf einer Baustelle am Rhein. Aber … der Fluss war plötzlich viel breiter. Unzählige kleine Schiffe und Kähne durchkreuzten das Wasser. Und wo waren die Brücken?

Verwirrt schloss Paul die Augen und schüttelte den Kopf. Doch es änderte sich nichts. Die Brücken blieben verschwunden.

„Was haben die denn für Sachen an?“, rief Finn belustigt. Paul sah zu den Männern, die offensichtlich gerade ihre Mittagspause begannen. Keine fünfzig Meter von ihnen entfernt hockten sich Bauarbeiter auf einen Sandhaufen. Aus Ledertaschen zogen sie blecherne

Brotdosen. Andere löffelten Suppe aus einem Henkelmann. Ein Lehrjunge schleppte einen großen Humpen Bier heran.

Jeder Arbeiter trug eine schwarze Stoffhose mit Hosenträgern, dazu graue Hemden oder Pullover mit weitem Kragen. Die meisten hatten Mützen auf, in der Art, wie sie sonst nur Schaffner trugen. Manche hatten dagegen einen spitzen Hut auf, der so ähnlich aussah wie der Wanderhut von Pauls Vater. Auch ihre Frisuren waren seltsam, die Haare sehr kurz geschnitten, dafür waren die Schnurrbärte umso breiter.

„Leute", sagte Jenny mit vor Erstaunen großen Augen. „Haltet mich für verrückt, aber ich glaube, wir sind in der Vergangenheit gelandet!"

Paul und Finn starrten Jenny fassungslos an. Sie trug ein ziemlich seltsames Kleid.

„Was?"

Jenny nickte. „Du hast doch auch gehört, was der Archäologe über die Mumie gesagt hat: Der Mann ist vor etwa 150 Jahren gestorben, auf einer Baustelle am Rhein, als der Sumpf trockengelegt wurde."

Paul spürte, wie seine Füße nass wurden. In der Tat standen sie auf einer sumpfigen Wiese. Er sah zur Stadt. Dort waren die Türme des Doms. Aber kein Verkehrslärm war zu hören. Konnte das sein? Er starrte das geheimnisvolle Telefon in seiner Hand an. Es gab nur eine einzige vernünftige Erklärung – und die war völlig verrückt.

„Das Handy hat uns hierher gebracht", sagte er, noch immer verdutzt.

Jenny nickte. „Und was wir hier tun sollen, ist auch klar: herausfinden, wie der Mann zu Tode gekommen ist."

Finn zupfte an Pauls Ärmel. „Zeig doch noch mal das Bild." Trotz aller Verwunderung musste Paul lachen. Sein Bruder steckte in einem Matrosenanzug mit kurzer Hose! Er selbst trug eine kratzige Wollhose mit einem breiten Gürtel, dazu ein Leinenhemd und Stiefel. Trotz der Hitze hatte er außerdem eine derbe graue Jacke an.

Paul hob das Handy. „Hier ist –" Mitten im Satz stoppte er. Auf dem Bildschirm war keine Sumpfleiche mehr zu sehen. Sondern das Gesicht eines jungen Mannes. Kurzer Haarschnitt, gezwirbelter Schnurrbart, Leberfleck am Kinn. Doch die Augen waren geschlossen, an seiner Schläfe war ein übler blauer Fleck. Er sah aus, als sei er gerade erschlagen worden.

„Ich fass es nicht“, stöhnte Paul. „Das ist gar kein Handy! Das ist eine Zeitmaschine.“

Jenny lachte so laut, dass die Bauarbeiter zu ihnen herüberschauten.

„Das stimmt“, keuchte Jenny, als sie wieder Luft bekam. Sie betrachtete den Toten auf dem Handy genau. „Wahrscheinlich ist die Tat zwei oder drei Tage her. Und wir sind hier, um den Mord aufzuklären!“ Sie legte ihre Arme um die Schultern der Jungs. „Ich schätze mal, dass wir erst in unsere Zeit zurückkehren können, wenn wir hier fertig sind.“

Paul zuckte zusammen. Er tippte wie wild auf dem Telefon herum, aber die Tasten klemmten. Nicht einmal die 1 gab einen einzigen Millimeter nach.

„Okay“, bestätigte er. „Jenny hat anscheinend recht.“ Noch einmal schüttelte er ungläubig den Kopf, dann begannen seine Augen zu funkeln. „Wie wollen wir vorgehen? Wir können den Männern da ja wohl kaum das Handy zeigen und nach ihrem Kumpel fragen.“

Finn klatschte begeistert in die Hände. „Wir sind echte Detektive, wir sind echte Detektive!“, jubelte er.

Paul verdrehte die Augen. „Also, was tun wir jetzt?“ Er schlüpfte aus der Jacke und band die Ärmel vor seinem Bauch zusammen.

Jenny zog die Nase kraus. Das tat sie meistens, wenn sie nachdachte.

„Tja, wir fangen mit dem Naheliegendsten an“, schlug sie vor. „Die Sumpfleiche wird hier am Rhein gefunden werden. Dann ist der Mann wahrscheinlich auch hier gestorben. Vielleicht gehörte er zu dem Bautrupp dort?“ Sie betrachtete noch einmal das Bild des jungen Mannes. „Leberfleck am Kinn, der ist doch leicht zu beschreiben. Kommt, ich bin gespannt, ob unsere Mumie auch einen Namen hat.“

Ein Mann macht sich verdächtig

Jenny atmete tief durch. Dann zupfte sie ihr geblümtes Kleid zurecht und hob selbstbewusst das Kinn.

Paul drehte sich zu seinem Bruder um. „Komm!“, forderte er ihn auf. Aber Finn schüttelte den Kopf.

„Ich bleibe lieber hier“, sagte er. Aus seiner Hosentasche holte er den Notizblock, der voll war mit von ihm aufgeschriebenen Autokennzeichen und Zeitangaben. „Zwei Schnüffler auf der Baustelle reichen bestimmt aus“, glaubte er. „Ich verstecke mich lieber hier und beobachte alles. Wenn mir was Verdächtiges auffällt, schreibe ich es auf.“

Paul war einverstanden. Vielleicht war es wirklich eine gute Idee, wenn sie sich nicht zu dritt zwischen den Bauarbeitern rumtrieben. Und falls es Ärger gab, würde wenigstens Finn nichts abbekommen.

„Wie wäre es“, schlug er vor, „wenn wir

so tun, als ob wir Bruder und Schwester sind …“

Jenny nickte. „… und ein Mann mit Leberfleck am Kinn hat bei unserem Vater im Laden seine Bestellung nicht abgeholt.“

Paul grinste. Konnte Jenny Gedanken lesen? So musste es gehen. Das hörte sich glaubwürdig an.

Und Jenny zeigte auch kein Anzeichen von Unsicherheit. Geradewegs ging sie auf die Männer zu. Die meisten kauten an ihren Broten herum. Ein paar von ihnen hatten die Augen geschlossen und dösten in der Sonne.

„Guten Appetit, die Herren!“, grüßte Jenny. Paul trat neben sie.

Die Bauarbeiter starrten sie überrascht an.

Ein breitschultriger Mann stand auf. Fast sein ganzes Gesicht wurde von einem sauber gestutzten Vollbart bedeckt. Er trug einen schwarzen Schlapphut mit breiter Krempe.

„Schert euch weg“, knurrte er. „Ich bin für diese Baustelle verantwortlich. Wenn ihr in eine Grube fallt oder im Sumpf versinkt, muss ich mir unangenehme Fragen gefallen lassen."

Paul zuckte zusammen. Im Sumpf versinkt, hatte der Mann gesagt. Genau das war doch mit dem unbekannten Toten passiert.

Jenny warf Paul einen vielsagenden Blick zu.

„Wir sind nicht zum Spielen hier, mein Herr", erklärte er dem Vorarbeiter. Beinahe erschrak er über seinen eigenen Mut. „Einer Ihrer Arbeiter hat etwas bei unserem Vater im Laden bestellt, aber bis heute nicht abgeholt", flunkerte er. „Jetzt schickt er uns, um seinen Lohn einzufordern."

Der Vorarbeiter verzog das Gesicht. Ein vereinbartes Geschäft nicht abzuschließen war scheinbar eine echte Schande.

Er zeigte in die Runde. „War es einer von diesen Männern?", erkundigte er sich. Paul hörte leichten Zweifel in seiner Stimme. Für diese Truppe legte der Vorarbeiter offenbar seine Hand ins Feuer.

„Das wissen wir nicht genau", antwortete

Jenny. „Vater sagt, der Mann hatte kurze blonde Haare, einen gepflegten Schnurrbart und einen Leberfleck am Kinn."

Der Vorarbeiter pfiff durch die Zähne. „Der Kalbfuß Peter?", zischte er abfällig. „Das sieht ihm ähnlich!" Wütend griff er nach einer Schaufel und rammte sie in den Sandhaufen neben sich.

„Wir suchen ihn auch", fluchte er. „Seit zwei Tagen ist er nicht auf der Baustelle erschienen. Steckt wahrscheinlich im Wirtshaus. Weil ihm die harte Arbeit hier nicht schmeckt. Hält sich immer für was Besseres, der Herr Steinmetz."

Gemurmel machte sich unter den anderen Männern breit. Paul sah ihren entrüsteten Gesichtern an, dass sie mit den Worten ihres Chefs nicht einverstanden waren.

„So, genug jetzt, verschwindet endlich", schimpfte der breitschultrige Mann. Mit großen Schritten stampfte er zum Fluss hinunter. Bald stiegen von seinem neuen Sitzplatz blaue Rauchwolken auf.

Ein Arbeiter mit schwarzer Schirmmütze

winkte Jenny und Paul zu sich. Zwei andere rückten zur Seite, sodass die beiden sich dazusetzen konnten.

„Was Alfred über den Peter sagt, stimmt einfach nicht“, erklärte er leise. Seinen Vorarbeiter behielt er dabei genau im Auge. „Im Gegenteil: Peter ist für seine Zuverlässigkeit bekannt.“

Sein Nachbar nickte. „Und saufen tut der erst recht nicht.“ Er hob den Humpen an die Lippen und nahm ein paar Schlucke. „Jedenfalls weniger als ich!“

Die Männer lachten.

„Im Ernst, Ein-Glas-Peter wird er deshalb genannt, mehr trinkt er nämlich nie“, beteuerte der Mann. „Im Wirtshaus steckt er sicher nicht, das weiß auch der Alfred ganz genau.“

Ein Arbeiter mit einem Triefauge beugte sich näher herüber. Auf keinen Fall wollte er, dass seine Worte von ihrem Vorarbeiter gehört wurden.

„Aber Peter hat ihm vor drei Tagen vor der versammelten Mannschaft einen Vorschlag gemacht. Er wüsste, wie man den

Sumpf besser trockenlegen könnte. Nämlich so wie er es auf einer anderen Baustelle schon gemacht hat. Das hat dem Alten nicht geschmeckt."

Die anderen Männer murmelten zustimmend. Plötzlich hustete einer. Alfred hatte zu Ende geraucht. Genauso hastig, wie er gegangen war, kam er nun zurück.

Paul wollte schnell verschwinden, aber dann hatte er einen Geistesblitz. Unauffällig holte er das Handy aus der Tasche. Mit der Linse zielte er auf den Vorarbeiter. Dann drückte er den Auslöser. An dem winzigen Zittern in seiner Hand spürte er, dass es funktionierte. Heimlich machte Paul ein Foto von Alfred. Hatte er Peter umgebracht? Vielleicht im Streit? Weil er sich von ihm vor der ganzen Truppe gedemütigt fühlte?

Die Bauarbeiter standen auf und nahmen ihre Schaufeln und Spitzhacken wieder zur Hand. Die Pause war vorbei.

Paul und Jenny verabschiedeten sich und rannten zu dem Gebüsch zurück, wo sich Finn versteckt hielt.

Sie hatten einen Verdächtigen!

Finn wartete schon ungeduldig auf sie. Seine Stimme überschlug sich fast beim Sprechen, so aufgeregt war er. „Als ihr mit dem Chef geredet habt, ist ein Mann abgehauen. Hinter eurem Rücken. Das war kein Zufall!"

Paul klopfte seinem Bruder auf die Schulter. Wie gut, dass Finn hiergeblieben war.

„Da ist er lang", erzählte Finn. Mit ausgestrecktem Arm zeigte er Richtung Stadt. „Und er hatte es ziemlich eilig. Er hat eine lange blaue Schürze an."

Jenny seufzte. „Na prima. Dann kann er ja jetzt überall sein."

Aber Finn schüttelte den Kopf. „Er ist erst seit 3 Minuten und 24 Sekunden weg. Ich habe die Zeit gestoppt. Außerdem bin ich ihm schon ein Stück hinterhergerannt. Seht selbst!"

Hinter den Bäumen am Ufer wartete eine Überraschung auf Jenny und Paul. Ganz Mainz war von einer dicken Wehrmauer umgeben. Und an den wenigen Toren staute sich der Verkehr, es ging nur sehr langsam vorwärts.

Zwischen Ochsenkarren eingeklemmt erblickte Paul tatsächlich einen Mann mit blauer Schürze. Offensichtlich ärgerte er sich, dass er nicht schnell in der Stadt verschwinden konnte.

Verfolgung

Jenny, Paul und Finn beeilten sich, das Rheinufer zu verlassen. Der Anblick der alten Domstadt war atemberaubend. Die Mauer wirkte nahezu uneinnehmbar. Mehrere Türme ragten sechs Stockwerke hoch in die Luft. Von ihnen konnte man sicher weit den Rhein hinaufsehen. Bei einigen Türmen waren die Stadttore zugemauert worden, an den übrigen drängten sich die Menschen. Und über allem streckte sich der mächtige Dom in den Himmel. Rot und majestätisch.

Erst als Finn ihm in die Seite stieß, fiel Paul wieder ein, warum sie hier waren.

„Da vorn ist der Kerl“, zischte sein Bruder. Tatsächlich drückte sich der Mann zwischen zwei Wagen hindurch. Ein Bauer hob protestierend die Hand, aber der Drängler beachtete ihn nicht.

„Hinterher!“, forderte Jenny die Jungen auf. „Und merkt euch, wie der Verdächtige aussieht: schwarze kurze Haare. Schnurrbart. Dunkle Kleidung mit langer blauer Schürze."

Während sie sich in die Schlange vor dem Stadttor einreihten, zog Paul unauffällig das Handy hervor. Mit seinem Arm schützte er es vor neugierigen Blicken und betrachtete das Foto des Toten: Peter Kalbfuß. Außer seinem Gesicht war noch ein Stück des Oberkörpers zu sehen.

„Seht mal", flüsterte er aufgeregt. „Der Tote hat auch eine blaue Schürze an. Vielleicht ist der Mann, den wir verfolgen, auch ein Steinmetz?"

Jenny zuckte mit den Schultern. „Gut möglich. Früher trugen viele Handwerker eine einheitliche Kluft. So konnte man sie immer erkennen."

Paul nickte. „Genau. Und wenn beide Steinmetze waren, haben sie sich bestimmt gekannt."

Finn stupste ihn an. Sie hatten endlich das Stadttor erreicht. Soldaten mit weißen Hosen und dunkelblauen Uniformjacken nahmen jeden Besucher in Augenschein.

Jenny, Paul und Finn hielten ihrem strengen Blick stand. Offenbar hatten die Männer nichts an ihnen auszusetzen. Unbehelligt durften sie die Stadt betreten.

Direkt an die Mauer schlossen sich einige kleine Häuser an, meist Fachwerkhäuser, aber auch Steinhäuser mit schiefen Dächern. Der Mann mit der blauen Schürze rannte die Gasse entlang. So schnell sie konnten, nahmen die drei Freunde die Verfolgung auf. Doch der Vorsprung des Mannes wurde immer größer.

Schon nach knapp hundert Metern kamen sie auf den Domplatz. Wie zu Hause waren auch hier Marktstände aufgebaut. Rund um einen munter sprudelnden Brunnen wurde gefeilscht und geschimpft. Lebende Schweine warteten ebenso auf Käufer wie eine ganze Kükenschar.

Aber der Mann mit der Schürze wollte nichts kaufen. Ohne nach links und rechts zu sehen, lief er am Dom vorbei auf eine breite Straße. Auf beiden Seiten reihten sich mächtige Gebäude aneinander. Am Ende der Straße sah Paul einen Trupp Soldaten aufmarschieren. Ihr Verdächtiger aber bog gleich hinter einem mächtigen, kreisrunden Bau ab. *Staatstheater* las Paul die schnörkeligen Buchstaben auf der Gebäudemauer.

Die Statue von Johannes Gutenberg, dem Erfinder des Buchdrucks, blickte dem Flüchtigen streng hinterher.

„Weiter!“, spornte Finn die anderen an. Für ihn war das alles hier besonders aufregend. Er schien nicht aus der Puste zu kommen.

Jenny warf einen Blick auf ihren Kompass. „Er läuft nach Osten“, schnaufte sie. Doch hinter dem Theater war der Mann plötzlich verschwunden, nur ein paar schmutzige Kinder spielten auf der Straße. Ein Bühnenarbeiter rauchte eine Zigarette und sah ihnen vergnügt zu.

„Mist!“, fluchte Paul. Hastig suchten sie die Straßen hinter dem Theater ab. Ein vornehmer Pferdewagen klapperte an ihnen vorbei über das Kopfsteinpflaster. Paul warf schnell einen Blick in die Kutsche. Aber es saß nur eine Dame mit breitem Hut und Fächer darin.

„Mist!“, schimpfte er noch einmal. „Wir waren so nah dran!“

Auch Jenny ärgerte sich. „Aber er kann sich doch nicht in Luft aufgelöst haben!“

Sie sahen sich um. Von der Straße gingen ein paar schmale Gassen ab. Dicht standen hier die Häuser nebeneinander.

Paul hatte das Gefühl, sich hineindrücken zu müssen. So eng war es. „Irgendwo hier lang muss er ja gelaufen sein", bemerkte er. Finn und Jenny folgten ihm. Es wurde merklich kühler. Die Sonnenstrahlen drangen nicht bis zum Boden. Immer weiter und weiter folgten sie den verwinkelten Gassen. Längst zweifelte Paul daran, dass sie den Mann mit der blauen Schürze wiedersehen würden.

Die gepflegten großen Gebäude lagen inzwischen hinter ihnen. Jetzt waren die Häuser schmuddeliger. Auch die Leute, denen sie begegneten, sahen ärmer aus. Der Lärm von Handwerkern hallte von den Mauern wider. Überall, so schien es, wurde gehämmert, gesägt oder geschliffen.

Frauen schütteten Kessel mit schmutzigem Wasser auf die Gasse. Finn musste einen Sprung zur Seite machen, um nicht nass zu werden.

Paul wollte gerade vorschlagen, zur Baustelle am Rheinufer zurückzugehen. Vielleicht sollten sie die Arbeiter nach dem flüchtigen Steinmetz befragen. Doch plötzlich hörte er einen lautstarken Streit. Eine junge Frau redete heftig auf eine andere Person ein.

„Wo ist er?“, fragte die Frau. „Wo ist mein Peter?“ Es klang verzweifelt.

„Psst!“, antwortete ihr eine Männerstimme. „Was ich dir zu sagen habe, muss nicht jeder hören.“

In Paul klingelten alle Alarmglocken.

„Habt ihr das auch gehört?“, erkundigte sich Jenny flüsternd. „Da sucht jemand einen Peter – genau wie wir!“

Finn nickte. „Die Stimmen kommen da aus dem Hinterhof.“ Mit ausgestrecktem Arm zeigte er auf einen Torbogen. Vorsichtig schlichen sich die drei Kinder näher.

Paul schielte um die Ecke. Er spürte, wie sein Herz schneller klopfte.

„Still!“, ermahnte er die anderen. „Er ist es! Blauschürze!“

Der Kerl mit der blauen Schürze stand an

die Hauswand gepresst da. So wollte er sicherlich verhindern, dass man ihn aus den oberen Stockwerken sehen konnte. Das Geschrei der Frau hatte jedoch schon eine Kinderschar auf sie aufmerksam gemacht. Mit grimmiger Miene scheuchte sie die Meute weg. Sie war sehr hübsch, fand Paul. Ihre Kleider waren alt und geflickt, aber sauber.

Jetzt konnte Paul auch zum ersten Mal das Gesicht des Mannes sehen. Sehr sympathisch sah er nicht aus. Er hatte ausgesprochen buschige Augenbrauen, die über der Nase zusammengewachsen waren. Sein rechtes Auge kniff er zu, als würde ihn die Sonne blenden. Schnell machte Paul ein Foto von ihm. Zum Glück machte die Handykamera gute Bilder auch ohne Blitz.

„Sag mir, Georg, wo ist mein Verlobter?" Die Frau bemühte sich, leiser zu sprechen. Aber ihre Stimme bebte vor Aufregung.

„Ah, Georg heißt der Fiesling", murmelte Finn und schrieb den Namen auf seinen Block.

„Psst!“, ermahnte ihn Jenny.

Georg grinste schief. „Ich weiß es nicht“, behauptete er.

Die Frau lachte bitter auf. „Das kannst du mir nicht weismachen! Wo ihr doch so oft zusammen gearbeitet habt.“

Der Steinmetz seufzte. „Also gut“, gab er

schließlich zu. „Du hast recht, Marie. Noch vor zwei Wochen haben wir zusammen am Dom gearbeitet. Aber dann, von einem Tag auf den anderen, hat uns der Bischof alle rauswerfen lassen."

Marie nickte. „Davon hat mir Peter natürlich erzählt. Es soll einen Diebstahl gegeben haben."

Georg lachte verächtlich. „Ach wirklich? Und weißt du auch, wer der Hauptverdächtige war? Dein sauberer Herr Verlobter!"

Marie trommelte mit ihren Fäusten auf die Brust des Steinmetzen. „Das ist nicht wahr!", schluchzte sie.

Verärgert packte Georg ihre Hände und schubste sie grob zur Seite.

„Und ob es wahr ist", schnaubte er. „Im Gasthaus hat er mit einem goldenen Ring geprahlt. Wie soll er den bezahlt haben, wenn er nichts Wertvolles aus dem Dom verschachert hat? Vielleicht ist er deswegen aus Mainz verschwunden." Er drehte sich um. „Ist wohl auch besser so. War keiner mehr gut auf ihn zu sprechen, als die Geschichte bekannt wurde. Zwanzig Steinmetze sind ihre Arbeit losgeworden deswegen. Jetzt müssen wir uns mit elender Schufterei im Sumpf unser Brot verdienen."

Georg spuckte verächtlich aus. „Bete lieber zu deiner Namenspatronin, dass der Kalbfuß Peter nicht nach Mainz zurückkehrt. So mancher brave Mann könnte sonst versucht sein, ihm den Schädel einzuschlagen."

Damit drehte er sich um und verschwand durch einen schmalen Gang.

Marie setzte sich auf die Treppe und brach in Tränen aus.

Die enttäuschte Braut

Paul wollte weg von hier. Die schluchzende Frau tat ihm leid. Und sie hatten ja auch genug herausgefunden: Es gab anscheinend eine ganze Menge Menschen, die als Täter infrage kamen. Zwanzig Steinmetze waren wegen Peter entlassen worden. Hatte zumindest Georg behauptet. Wenn sie die alle ausfindig machen wollten, hatten sie viel zu tun.

„Kommt“, flüsterte Paul, aber Jenny drängte sich an ihm vorbei auf den Hof. Bereitwillig ließ sich Marie von ihr in den Arm nehmen. Paul wollte nicht stören und sah sich lieber um. Die Häuser waren alle vier Stockwerke hoch. Die meisten hätten einen neuen Anstrich gut vertragen können. Aus vielen Fenstern hing Wäsche zum Trocknen.

Finn machte sich Notizen. Dann kniete er sich neben Marie und streichelte ihr die Hand.

„Seit zwei Tagen ist Peter jetzt schon nicht mehr vorbeigekommen“, schniefte die junge Frau. „Dabei sind wir doch verlobt! Im nächsten Sommer wollen wir heiraten. Hoffentlich ist ihm nichts passiert.“

Jenny sah die Brüder warnend an. Paul biss sich auf die Lippen. Beinahe hätte er tatsächlich verraten, was er über das Schicksal des Steinmetzen wusste.

„Jetzt steh erst mal auf“, bat Finn sie mit dünner Stimme. „Dein schönes Kleid wird ja ganz dreckig.“

Die Frau lächelte gerührt über den fürsorglichen Jungen. Mit dem Handrücken wischte sie sich die Tränen ab.

Für eine Braut war sie noch sehr jung. Paul schätzte sie auf höchstens neunzehn Jahre.

Mit wackligen Beinen stand Marie auf.

„Männer sind manchmal einfach komisch“, behauptete Jenny großspurig. „Wahrscheinlich treibt er sich herum und denkt gar nicht daran, dass du dir Sorgen machen könntest.“

Doch Marie schüttelte heftig den Kopf. „Nein, nein, so ein Hallodri ist mein Peter nicht.“ Sie seufzte tief. „Zum Zeichen, dass er es ernst meint, hat er mir sogar einen goldenen Ring ge…“ Mitten im Satz brach die junge Frau ab. Mit gesenktem Kopf ging sie zu einer Wasserpumpe und begann, ihr verheultes Gesicht zu waschen.

Paul, Jenny und Finn sahen sich entsetzt an.

„Er hat ihr einen goldenen Ring geschenkt“, platzte es aus Finn heraus. „Unsere Sumpfleiche war ein gemeiner Dieb!“

Jenny legte ihren Zeigefinger an die Lippen. „Es sieht fast so aus“, flüsterte sie dann.

Paul nickte. „Aber Beweise haben wir noch nicht. Und außerdem ist das kein Grund, einen Menschen umzubringen.“

Jenny stimmte ihm zu. „Vielleicht erfahren wir von Marie noch mehr“, schlug sie vor. „Was glaubt ihr, scheidet Georg damit als Verdächtiger aus?“

Paul wusste nicht, was er sagen sollte. Der Steinmetz war ihm nicht sympathisch. Aber das war sein Mathelehrer auch nicht.

Finn war nicht so zimperlich. „Der Kerl hat was mit Peters Verschwinden zu tun, so viel ist klar“, meinte er. „Wenn Batman den in die Mangel nehmen würde, würde der sofort gestehen.“

Jenny und Paul verdrehten gleichzeitig

die Augen. „Du und deine Superhelden!“ Dann räusperte Paul sich warnend. Marie kam zurück.

„Ihr seid wirklich nett“, sagte sie mit gequältem Lächeln. „Es wäre schön, wenn ihr mich noch zu Peters Elternhaus begleiten könntet. Da gehe ich nicht so gern allein hin. Der alte Kalbfuß ist nämlich ein echter Stinkstiefel.“

Jenny, Paul und Finn nickten einverstanden. Vielleicht erfuhren sie im Haus der Familie noch mehr über den Toten.

Marie atmete tief durch. Stolz hob sie ihren Kopf und trat auf die Gasse. Die drei Kinder folgten ihr.

Die Verlobte von Peter Kalbfuß schien im Viertel eine beliebte Frau zu sein. Fast jeder grüßte sie, einige Männer pfiffen ihr sogar frech hinterher.

„Vielleicht war ja auch jemand auf den Peter eifersüchtig“, wisperte Jenny Paul zu.

„Du meinst, jemand hat ihn umgebracht nur wegen einer Frau?“ Finn verzog das Gesicht.

Paul lachte. „Ich weiß, dass du dir das

nicht vorstellen kannst. Aber wen die Liebe trifft …!“ Paul zog eine romantische Fratze.

Jenny gab ihm kichernd einen Knuff. Schlagartig wurden alle drei wieder ernst. Marie war vor einem düsteren Wohnhaus stehen geblieben.

Mehrere Familien wohnten hier zusammen. Offensichtlich waren sie nicht die wohlhabendsten Bürger von Mainz. Eine zahnlose Alte watschelte an ihnen vorbei und verschwand im dunklen Hausflur. Kinder mit Rotznasen spielten vor der Tür mit Lumpenpuppen. Aus einem der oberen Stockwerke wurde ein Nachttopf gekippt.

Paul zog sich der Magen zusammen. Dieses Haus ließ eigentlich keinen anderen Schluss zu: Der Mann, der in der Zukunft als Sumpfleiche gefunden werden würde, musste ein Dieb sein. Wie sollte ein Steinmetz, der in so einer Umgebung wohnte, auf ehrliche Weise genug Geld für einen Goldring zusammenbekommen?

„Karl!“, rief Marie plötzlich laut. Sie beugte sich zu Jenny hinunter. „Ich warne euch, freundlich ist der Kalbfuß Karl nicht.“

Sie zeigte auf ein Fenster im obersten Stock. Aber es tat sich nichts.

„Kaaa-haaarl!“, schrie sie noch lauter.

Wenige Augenblicke später flog das Fenster auf. Ein alter Mann mit zerknittertem Gesicht lehnte sich heraus. Er sah Peter zwar ähnlich, hatte aber wohl schon einiges in seinem Leben mitgemacht. Die tiefen Falten um Augen und Mund erkannte Paul sogar von unten.

„Verschwinde!“, brüllte der alte Kalbfuß. „Schick lieber meinen Sohn nach Hause!“

Zwei vorbeigehende Handwerker starrten Marie an.

Die junge Frau wurde rot.

„Dann ist Peter also immer noch nicht wieder aufgetaucht?“

Statt einer Antwort zog Karl seinen Kopf zurück. Mit lautem Knall schlugen die Fensterflügel wieder zu.

Marie straffte die Schultern. „So war er schon immer“, presste sie hervor. „Gemein und ungerecht, mich mochte er noch nie. Aber recht machen kann ihm seit seinem Unfall sowieso niemand etwas.“

Die junge Frau machte hastig ein Kreuzzeichen. Offenbar fand sie es ungehörig, über jemanden schlecht zu sprechen. „Und schlauer bin ich jetzt auch nicht geworden“, sagte sie seufzend. „Vielleicht weiß er, wo Peter ist, und will es mir bloß nicht verraten.“

Paul legte Marie tröstend die Hand auf die Schulter. „Mein Bruder und ich werden es herausfinden“, erklärte er und zwinkerte Jenny verschwörerisch zu.

Seine Freundin nickte. „Aber wir zwei müssen uns das Gekeife von dem Alten ja nicht anhören, oder?“

Marie schüttelte den Kopf.

Jenny nahm ihre Hand und zog sie vom Eingang des Hauses fort.

„Komm, ich begleite dich nach Hause“, schlug sie vor. „Dann kannst du mir noch mehr von deinem Verlobten erzählen und mir auch mal deinen Ring zeigen. Ich liebe nämlich Schmuck, weißt du.“

Jenny warf Paul einen Blick zu und bewegte kaum merklich die Nase. Paul wusste, was das heißen sollte: Sobald ich den Ring gesehen habe, komme ich hierher zurück. Den Weg finde ich mit meinem Kompass. Wartet auf mich!

Paul verabschiedete sich höflich von Marie und wünschte ihr viel Glück. Es fiel ihm schwer, ihr nicht die Wahrheit über ihren Verlobten sagen zu können. Aber dann wäre sie sicher zusammengebrochen.

Als sie mit Jenny um die Ecke verschwunden war, zog Finn seinen Bruder am Ärmel. „Meinst du, sie spielt uns nur vor, dass sie traurig ist? Vielleicht hat sie ihren Bräutigam ja selbst umgebracht – soll ja vorkommen.“

Paul musste nicht lange überlegen. „Ich bin mir völlig sicher, dass sie mit der Sache nichts zu tun hat. Sie ist ehrlich traurig“, versicherte er Finn.

Vorsichtig drückte er die Klinke der Haustür herunter. Sie hinterließ eine Rostspur auf seiner Handfläche. Paul schauderte und wischte sich hastig die Hand an der kratzigen Hose ab. Das Treppenhaus war eng und dunkel. Die ausgetretenen Stufen knarrten unter ihren Füßen.

„Hier möchte ich nicht wohnen“, bemerkte Finn leise. Es roch ätzend nach Schimmel und Abfall. Sicherlich gab es auch Ratten.

Mühsam stiegen die beiden Brüder die steile Treppe nach oben. In jedem Stockwerk führten drei Türen zu Wohnungen. Hinter einigen raschelte es, als würden die Bewohner neugierig ihre Ohren an das Holz pressen.

Im vierten Stock angekommen, blieb Paul stehen. Drei Möglichkeiten standen zur Auswahl. Wo sollte er klopfen?

Eben hatte er sich für eine zerkratzte Tür

mit einem roten Fleck entschieden. Da spürte er plötzlich einen Luftzug im Nacken.

Erschrocken fuhr er herum. Hinter ihnen stand der alte Karl Kalbfuß. Und in seiner Hand schwang er drohend ein abgeschlagenes Stuhlbein.

Der jähzornige Vater

Die Augen von Karl Kalbfuß funkelten bedrohlich. Paul fühlte, wie sein Bruder nach seiner Hand griff. Finn zitterte. Aber auch er selbst brachte vor Schreck keinen Ton heraus. Würde der alte Mann sie verprügeln?

Eine scheinbare Ewigkeit verstrich, ehe der Alte seine Waffe senkte.

„Zwei Rotzgören?“, knurrte er verwundert.

Trotz der Beleidigung beeilte sich Paul zu nicken.

Der alte Kalbfuß lachte bitter. „Und ich dachte, es wär der Geldeintreiber. Hab die Miete ’ne Weile nicht bezahlt. Is eben kein Geld da.“

Der Alte stützte sich am Türrahmen ab. Die beiden Besucher ließ er keinen Moment aus den Augen.

Paul hatte sich nicht geirrt. Peter sah seinem Vater ähnlich, aber dessen Spitzname war sicher nicht Ein-Glas-Karl. Paul hielt ihn für einen Gewohnheitssäufer. Der Schnapsgestank, der aus der Wohnung drang, bestätigte diese Vermutung. Der Mann war verschwitzt und unrasiert. Seine wenigen grauen Haare lagen ihm wirr quer über dem Kopf. Sie konnten aber die Glatze nicht verdecken. Außer einer gestopften schwarzen Stoffhose trug er nur ein Unterhemd. Früher war es sicher einmal weiß gewesen. Jetzt aber war es von braunen und gelben Flecken übersät.

„Ist das eklig", flüsterte Finn. Paul trat ihm schnell auf den Fuß. Sie mussten in die Wohnung, um mehr über den Toten zu erfahren. Aber wie?

„Sie … Sie haben uns ganz schön Angst eingejagt", stammelte Paul. Er musste Zeit gewinnen. „Mein Vater schickt uns", flunkerte er. „Er … er … Ihr Sohn Peter hat noch Werkzeug von ihm."

Finn nickte. „Und er braucht es dringend zurück." Er zwinkerte seinem großen Bruder stolz zu.

Karl Kalbfuß musterte die Jungen mit

glasigen Augen. Dann nickte er knapp. „Sieht ihm ähnlich“, brummte er unfreundlich. „Beschäftigt sich in den letzten Wochen zu viel mit Luftschlössern, der Herr Sohn. Da bleibt keine Zeit für die wichtigen Dinge: Arbeit und Familie!“

Er drehte sich um und humpelte in das dunkle Zimmer. „Müsst seinen Plunder selbst durchsuchen“, lud er die Jungen ein. „Kann mich nicht mehr so tief bücken seit dem Unfall.“

Paul holte tief Luft, dann folgten sie dem Alten.

„Wenn das Mama sehen könnte“, murmelte Finn. Er hatte recht! In der Stube herrschte das größte Durcheinander, das Paul jemals gesehen hatte. Der Raum war Esszimmer, Wohnzimmer und Küche gleichzeitig. Neben einem gusseisernen Herd hingen ein paar geschmiedete Pfannen und Töpfe. Der Abzug darüber war stark verrußt. In der Mitte des Zimmers stand ein schartiger Holztisch mit vier Stühlen. Zwei waren umgefallen, einem davon fehlte ein Bein. Überall lagen leere Flaschen herum,

Scherben waren nur halbherzig zusammengekehrt. Die Teller auf dem Tisch waren verkrustet mit alten Speiseresten. Paul schüttelte sich voller Abscheu.

Karl Kalbfuß schien der Zustand seiner Wohnung nicht peinlich zu sein. Er schlüpfte nur in ein rotes Baumwollhemd, das er mithilfe des Stuhlbeins vom Boden aufhob. Dann ließ er sich schwer atmend auf seinen Platz fallen. Nach einem tiefen Schluck aus der Branntweinflasche sah er die Jungen an. Paul und Finn standen unbewegt wie Zinnsoldaten in dem Durcheinander.

„Der Ochsenkarren ist schuld“, nuschelte der Alte und klopfte auf sein Knie. „Hat mich auf der Gass umgefahren. Jetzt is mein Bein kaputt. Und ’nem Krüppel gibt keiner Arbeit.“ Er hob die Flasche und prostete seinen Besuchern zu. „Meine Frau ist mit ’nem Soldaten nach Österreich durchgebrannt. Bin eben zu nichts mehr nütze. Deshalb muss der Peter für mich sorgen. Aber das Geld von der Baustelle reicht gerade mal für meinen Schnaps!“

Er lachte dreckig.

„Wird Zeit, dass der Peter wieder als Steinmetz arbeitet. Is ein guter Mann, der Peter. Aber die Marie heiraten darf er nicht!“ Der Alte schlug mit der Faust auf den Tisch.

„Findest du sie nicht nett?“, platzte Finn heraus. Karl Kalbfuß sah ihn verwirrt an.

„Nett?“ Er kratzte sich das stoppelige Kinn. „Weiß nicht. Kenn sie ja gar nicht richtig. Aber sie will nich hier einziehen. Und wie soll ich leben, wenn der Peter ’ne eigene Familie hat? Denkt der überhaupt nich an seinen armen Vater?“

Der alte Mann regte sich so auf, dass er einen Hustenanfall bekam. Sein Gesicht lief dunkelrot an.

Als er wieder Luft bekam, deutete er auf einen Vorhang. „Was starrt ihr mich so an?“, brüllte er jähzornig. „Holt euer Werkzeug und dann raus! Dahinten ist die Schlafstube. Unterm Bett ist Peters Kram.“

Paul wollte noch fragen, welches denn Peters Bett ist. Aber Kalbfuß hatte schon wieder die Flasche am Mund. „Lenk du ihn ab", flüsterte er Finn zu. „Ich durchsuche die anderen Räume."

Finn sah ihn entsetzt an. „Aber geh nicht zu weit weg", bettelte er. „Mit dem Kerl möchte ich nicht länger allein sein als nötig."

Paul verschwand hinter dem Vorhang – und war geschockt. Die Kammer war kaum größer als sein Wandschrank zu Hause. An die Rückwand geschoben stand ein einziges schmales Bett. Offensichtlich musste es für Peter und seinen Vater reichen. Das Bettzeug war schmutzig grau. Die Wände waren mit alten Zeitungen tapeziert. Das winzige Fenster hatte eine zerbrochene Scheibe. Gegen den Luftzug war es mit Pappe notdürftig repariert worden.

Hier also hatte der Mann gelebt, den die Bauarbeiter am Rheinufer als Sumpfleiche ausgebuddelt hatten. Kein Wunder, dass er von Reichtümern träumte. Aber hatte er wirklich die Kirche bestohlen? Und was wusste sein saufender Vater?

Paul horchte. Finn löcherte den Alten in der Stube mit Fragen. Er hatte also noch

Zeit. Schnell ging er auf die Knie und warf einen Blick unter das Bett. Eine Maus sprang ihm quiekend entgegen. Schimpfend verschwand sie in einem Loch in der Wand.

Zwischen allerhand Dreck und schmutzigen Kleidungsstücken fand Paul tatsächlich einen Werkzeugkasten. Er kannte sich mit den Arbeitsgeräten eines Steinmetzen nicht aus. Aber im Kasten war kein Platz frei. Offenbar fehlte nichts.

Paul holte das Werkzeug heraus. Nichts. Kein goldener Ring oder anderer Wertgegenstand war hier versteckt. Er räumte leise alles zurück. Dann kam ihm noch eine zweite Idee. Widerwillig griff er mit der Hand in das Mauseloch und tastete den Raum dahinter ab. Nichts. Falls Peter Kalbfuß wirklich Gegenstände aus dem Dom gestohlen hatte, dann waren sie jedenfalls nicht hier versteckt.

Hastig stand Paul auf und schob den Vorhang zur Seite.

Sein Bruder hockte tapfer neben dem alten Kalbfuß am Tisch. Die Unterhaltung schien gar nicht so schlimm für ihn zu sein.

Bevor er näher trat, holte Paul das Handy aus der Tasche und schoss von der Seite ein Foto von Peters Vater. Trank er vielleicht nur so viel, weil er den Mord an seinem Sohn vergessen wollte?

„Wann hast du Peter denn zuletzt gesehen?“, wollte Finn gerade wissen. Paul konnte ein Schmunzeln nur schwer unterdrücken. Sein Bruder klang beinahe wie die Kommissare im Fernsehen. Zu seiner großen Überraschung gab der Alte bereitwillig Antwort.

„Vor zwei Tagen is er fröhlich zur Baustelle gegangen“, berichtete er knurrend. „Das Elend hier hat bald ein Ende, hat er noch getönt.“ Er wollte einen weiteren Schluck nehmen, aber die Flasche war leer. „Nichts als Luftschlösser im Kopp“, murmelte er. „Nichts als Luftschlösser!“ Mit trübem Blick massierte er sein kaputtes Knie.

„War sich sicher, bald wieder in unserem schönen Dom arbeiten zu können“, sagte Karl. „Gibt ja auch viel zu tun da. Die Franzosen haben ihn als Schweinestall benutzt, stellt euch das vor! Als Schweinestall! Und als Lazarett für die Verwundeten! Unsren schönen Dom! Is schon ’ne Weile her. Jetzt wird da aufgeräumt. Der Peter wird bald wieder eingestellt, so tüchtig, wie der ist.“

Paul winkte seinem Bruder zu. Lass uns abhauen!, sollte das bedeuten.

„Dann hat sich der Diebstahl im Dom also aufgeklärt?“, fragte Finn überrascht.

Karl Kalbfuß lief puterrot an. Diesmal vor Zorn. „Das ist alles Verleumdung!“, brüllte er. „Es gibt nämlich gar keine Goldschätze mehr im Dom. Das ist alles eingeschmolzen worden, vor fuffzig Jahren schon!“ Mit einer Hand suchte er den Boden ab. Endlich hatte er das Stuhlbein wiedergefunden. Wütend fuchtelte er damit durch die Luft. „Los, raus mit euch! Rotzgören!“

Eine neue Wahrheit

Rumms! knallte die Wohnungstür hinter Paul und Finn zu. Die beiden Brüder standen im dunklen Hausflur und sahen sich an.

„Mann!“, keuchte Finn. „Ich schwöre, von jetzt ab immer mein Zimmer aufzuräumen! In so einem Schweinestall will ich später nicht wohnen.“

Paul wuschelte ihm durchs Haar. „Das hast du ganz großartig gemacht“, lobte er. „Aber wieso hat der Alte gesagt, es gibt keine Goldschätze im Dom? Woher stammt dann der Ring, den Peter seiner Verlobten geschenkt hat?“

Finn ging zur Treppe. Die Stufen knarrten noch schlimmer als beim Hinaufgehen.

„Irgendwie glaube ich, dass Karl Kalbfuß nichts mit der Sache zu tun hat“, meinte Finn. „Der wartet doch wirklich darauf, dass sein Sohn zurückkommt.“

Paul war sich nicht so sicher. „Das kann

alles Tarnung gewesen sein. Immerhin ist er mit einem Stuhlbein auf uns losgegangen", erinnerte er seinen Bruder. „Oder glaubst du die Geschichte mit dem Geldeintreiber?"

Finn hielt kurz an. Sie waren jetzt im zweiten Stock. „Hmm", grübelte er. „Viel Geld haben die jedenfalls nicht, das steht fest."

Paul nickte. „Klar, aber der alte Kalbfuß könnte auch jemand anderen erwartet haben. Jemand, der etwas mit dem Tod seines Sohns zu tun hat."

Sie liefen ein weiteres Stockwerk hinunter. „Aber er hat doch gesagt, dass Peter vor zwei Tagen fröhlich zur Arbeit gegangen ist!", widersprach Finn.

Paul kam nicht dazu, zu antworten. Vor ihnen wurde eine Tür geöffnet. Langsam schob sich das runzelige Gesicht einer alten Frau durch den Spalt. Paul bekam eine Gänsehaut. Die Alte wirkte mit ihren zerzausten Haaren wie die Hexe aus *Hänsel und Gretel*. Schnell schüttelte er sich. Sie waren in einem Wohnhaus und nicht im Märchenwald. Hier wurde niemand gemästet und gebraten – aber vielleicht ermordet …

„Sooo!“, keifte die Alte mit schriller Stimme. Die Frau hatte nur noch einen Zahn im Mund. Dadurch pfiff ihr Atem bei jedem Wort wie ein verbeulter Wasserkessel.

„Peter ist also fröhlich zur Arbeit gegangen“, wiederholte sie kichernd. „Da haben meine Ohren aber etwas anderes mitbekommen.“ Ihre Stimme hallte gespenstisch durch das Treppenhaus.

Die Frau trat jetzt ganz auf den Gang hinaus. Sie trug einen groben Leinenkittel und darüber einen Mantel. Ihre Füße waren nackt.

Offenbar hatte sie den ganzen Tag nichts anderes zu tun, als Nachbarn zu belauschen. Paul wurde mulmig bei dem Gedanken, dass die Frau sie auch schon vorhin beobachtet hatte.

Mit spitzem Zeigefinger winkte sie die beiden Jungen näher zu sich heran. Finn zögerte. Er dachte wohl auch an das Knusperhäuschen.

„Kommt rein, dann erzähle ich euch, was in jener Nacht passiert ist."

Paul hatte nicht die geringste Lust, der zahnlosen Alten in ihre Wohnung zu folgen. Aber sie waren hier, um die Todesursache von Peter Kalbfuß herauszubekommen. Und echte Detektive hatten nun einmal keine Wahl.

Ein Zeuge ist ein Zeuge, dachte Paul und schritt mutig voran. Finn folgte ihm, achtete aber darauf, die Tür nicht zufallen zu lassen. Die Wohnung der Alten war genauso groß wie die der Kalbfuß-Familie. Doch zu Pauls großer Überraschung war sie pingelig aufgeräumt. Nicht das kleinste Staubkörnchen wirbelte herum. Der Herd war ordentlich geschrubbt, im Eimer daneben schwappte frisches Wasser. Auf einer hölzernen Eckbank hockten mindestens zwanzig Puppen in allen Größen. Jede von ihnen war aufs Feinste mit gestrickten Kleidern und kleinen Hütchen ausgestattet.

„Hier können wir offen reden“, nuschelte die Alte. „Vor meinen Lieblingen habe ich keine Geheimnisse.“ Sie deutete in die Puppenrunde.

Als sie sich zum Herd umdrehte, zeigte ihr Finn heimlich einen Vogel.

„Die Alte spinnt“, wisperte er Paul zu. Paul konnte nur nicken. Den Eindruck hatte er allerdings auch.

„In der Nacht vor drei Tagen hat mich Elise aus dem Schlaf gerissen. Sie hat böse geträumt.“ Sie ging zu der Bank und nahm eine Puppe mit üppigen schwarzen Locken auf den Arm.

„Als ich sie in den Schlaf gesungen hatte, wollte ich zurück ins Bett gehen …“

Die Alte kam ganz dicht an Pauls Gesicht heran. Ihre Augen funkelten vor Aufregung. Sie roch wie eine verschimmelte Zitrone, fand Paul. Ihre Nähe war ihm sehr unangenehm.

„… da kamen Männer die Stiege hinauf“, fuhr sie fort. „Das ganze Treppenhaus hat gerumpelt, so sind die Saufköppe hin und her geschwankt.“

Die Frau drehte sich von Paul und Finn weg. Mit großen Schritten stapfte sie durch das Zimmer.

„Direkt aus dem Wirtshaus kamen die, aus dem Rouhde Kopp“, keifte sie nun lautstark. „Da wo der alte Kalbfuß den Verdienst seines braven Sohns versäuft. Bis in den vierten Stock sind die hoch. Aber wer es war, habe ich nicht sehen können. Seit die Frau weg ist, treibt sich ja allerhand Gesocks da herum.“

Mist!, dachte Paul. Wieder kein genauer Hinweis.

„Eine halbe Stunde war alles ruhig. Dann haben die Domglocken Mitternacht geschlagen“, berichtete sie weiter. „Und oben hat es einen entsetzlichen Streit gegeben. Zwei Männer haben sich minutenlang angeschrien. Es können auch drei gewesen sein. Ich hab ja nicht gelauscht. Aber dann ist etwas Hartes auf dem Boden aufgeschlagen. Einer hat geschrien – und dann war Ruhe.“

Sie starrte ihre beiden Gäste mit aufgerissenen Augen an. „Später ist jemand die Treppe heruntergesprungen. Wer, weiß ich nicht – aber nach dieser Nacht hat wohl keiner mehr den Kalbfuß Peter zu Gesicht bekommen.“

Paul war geschockt. Hatte Vater Kalbfuß tatsächlich seinen eigenen Sohn erschlagen? Im Streit? Grund genug zum Streiten gab es ja. Karl Kalbfuß hatte es vorhin zugegeben: Peter wollte heiraten und ausziehen. Noch größeres Elend drohte. Im Moment hatte der Alte immerhin ein Dach über dem Kopf.

„Gut“, bedankte sich Paul. Er wusste nicht, was er sonst sagen sollte. Der Frau machte es wohl Spaß, ihre Nachbarn auszuspionieren. Solche Menschen kannte er auch aus seiner Straße. Wenn er einmal sein Fahrrad vor ihrem Haus abstellte, riefen die gleich seine Eltern an und beschwerten sich. Kein Wunder, dass er sie nicht leiden konnte.

„Eine Sache noch“, sagte er. „Gibt es eigentlich einen Domschatz hier in Mainz?“

Die alte Frau nickte. „Früher schon. Der war berühmt. Ist aber alles geplündert worden, jahrhundertelang. Der Rest wurde in Regensburg eingeschmolzen.“ Sie kratzte sich am Kopf. „Jetzt ist nichts mehr übrig.“

Paul war verwirrt. Woher stammte bloß der goldene Ring? Gerade wandten sie sich zum Gehen, da krachte es hinter ihnen. Paul fuhr herum. Im Türrahmen tauchte eine nur zu bekannte Gestalt auf. Karl Kalbfuß schäumte vor Wut. Drohend hob er seine Faust. „Na wartet!“, bellte er.

Paul war sofort klar, was passiert sein musste. Der Alte hatte sich Nachschub gegen seinen Durst holen wollen. Durch die offene Wohnungstür hatte er dann zufällig mitbekommen, was seine Nachbarin erzählte. Jetzt tobte er. Marie hatte sie ja vor seinem Jähzorn gewarnt.

Einen weiteren Schritt humpelte Peters Vater in den Raum. Sein Gesicht war rot vor Zorn und Schnaps.

„Na wartet!“, brüllte er noch einmal. „Euch werde ich schon lehren, schlecht über brave Leute zu reden. Euch alle drei!“

Abhauen!, schoss es Paul durch den Kopf. Aber der Mann versperrte ihnen den Ausgang. Zwar war er alt und betrunken. Aber seine Muskeln verrieten, dass er früher schwere Arbeit verrichtet hatte. Ein Schlag von ihm würde sie umhauen.

„Nimm die Faust runter“, presste Paul mutig hervor. Er stellte sich schützend vor Finn.

Der alte Kalbfuß sah ihn verwirrt an. Doch plötzlich schrie er vor Schmerz auf und sank zu Boden. Die Wohnungstür hatte ihn mit voller Wucht von hinten gerammt. Mit beiden Händen rieb er sich sein kaputtes Knie, auf das er gefallen war. Im Türrahmen aber stand – Jenny.

Jede Menge Vermutungen

„Das war wirklich Rettung in letzter Sekunde!“, rief Paul, als die drei durch die enge Gasse rannten.

Finn stimmte ihm zu: „Ich dachte wirklich, dass er uns zusammenprügelt!“

Jenny sah sich um und bog in eine Seitengasse ein, die noch schmaler war.

„Ach was“, widersprach sie. Aber ihre Wangen waren vor Aufregung gerötet. „Ich glaube, der wollte euch nur ein bisschen Angst einjagen.“

Sie verlangsamte das Tempo. Der alte Mann mit seinem kaputten Knie würde sie auf keinen Fall mehr einholen können.

Finn schüttelte den Kopf.

„Du hast den Kerl ja nicht erlebt und wie es in seiner Wohnung ausgesehen hat“, sagte er. „Außerdem hat die Nachbarin erzählt, dass sie gehört hat, wie der Peter tot auf den Boden gefallen ist.“

Paul sah zum Himmel. Die Dämmerung

senkte sich über die Stadt. Es wurde von Minute zu Minute kälter.

„Aber die Frau hatte auch echt eine Schraube locker“, erklärte er Jenny. „Die singt ihren Puppen Schlaflieder vor und so was. Eine gute Zeugin würde ich die nicht gerade nennen.“

Finn kickte einen Stein vor sich her. Sein Schweigen verriet, dass er zustimmte.

„Kann ja sein, dass in der Wohnung etwas zu Boden gefallen ist“, meinte Paul. „Aber wir wissen nicht, was oder wer es war.“

Finn blieb stehen. „Die Frau hat doch gesagt, es könnten auch drei Personen gewesen sein“, meinte er. „Wenn wir nur wüssten, wer der Dritte war. Der könnte uns sicher mehr sagen.“

Jenny nickte. „Gute Idee, Finn. Aber wo sollen wir den suchen?“

Paul klatschte in die Hände. „Die Alte hat doch gesagt, die Trunkenbolde kamen gerade aus dem Rouhde Kopp. Das muss eine Kneipe sein.“

Finn nickte. „Das werden wir gleich

wissen“, sprudelte es begeistert aus ihm heraus. „Ich verhöre mal die Kinder dahinten.“ Ehe Paul antworten konnte, rannte sein Bruder auf eine Gruppe Kinder zu.

„Hast du eigentlich bei Marie noch etwas rausgekriegt?“, wollte Paul wissen.

Jenny sah ihn grinsend an. „Ich dachte schon, du fragst nie. Marie hat mir den Ring gezeigt. Sie traut sich nicht, ihn zu tragen, weil sie Angst hat, dass er ihr gestohlen wird. Obwohl er gar nicht so wertvoll aussieht. Der Ring ist schmal und aus purem Gold. Den könnte Peter überall herhaben.“

Paul holte tief Luft. „Nur bezahlen konnte er ihn nicht. Der war arm wie eine Dommaus. Als Steinmetz hat er zwar halbwegs gut verdient. Aber für so einen Ring sparen, mit dem Säufer als Vater – niemals!“ Er sah Jenny an. „Außerdem gibt es gar keinen Domschatz mehr. Was auch immer der Grund ist, warum die Steinmetze entlassen wurden. Ein Goldraub kann es nicht gewesen sein.“

Jenny trat einen Schritt zur Seite unter ein

Vordach. Es hatte zu nieseln angefangen. Ihr Kleid war schon leicht durchnässt. „Puh!“, stöhnte sie. „Das macht alles nur noch komplizierter. Warum erzählt Georg der armen Marie dann so ein Schauermärchen von wegen Diebstahl? Doch nur, wenn er etwas mit dem Tod von Peter zu tun hat, oder?“

Paul versuchte seine Gedanken zu sortieren. Detektivarbeit war wirklich nicht leicht!

„Peter muss jemanden betrogen oder ausgeraubt haben!“, kombinierte Jenny schließlich. „Dann hat er im Rouhde Kopp gefeiert. Zum ersten Mal in seinem Leben hat er mehr als ein Glas getrunken. Dann hat er mit seinem Reichtum angegeben, Georg hat ihn gehört und ist mit ihm nach Hause gegangen. In der Wohnung hat er ihn niedergeschlagen …“

Paul schüttelte den Kopf. „Das ergibt doch keinen Sinn“, sagte er. „Das hätte sein Vater doch nie zugelassen.“

Jenny verdrehte die Augen. „Natürlich nicht! Der war vom vielen Schnaps längst eingeschlafen. Und als er die Augen wieder aufmacht, liegt sein Sohn vor ihm. Mausetot. Da hat er es mit der Angst zu tun gekriegt, sich den Peter auf die Schulter gehievt und ihn mühsam zum Sumpf am Rhein geschleppt."

Paul lachte. „Du hast wirklich eine blühende Fantasie!" Er wurde wieder ernst. „Aber es könnte tatsächlich so gewesen sein. Oder Peter kommt mit seinem Komplizen nach Hause. Der zweite Mann ist Georg. Sie wollen die Beute von ihrem Raubzug aufteilen. Aber sein Vater überrascht die beiden. Hastig springt Peter auf, der Stuhl knallt auf den Boden und er haut ab. Mit der gesamten Beute. Und sein Kumpan schlägt ihm zum Dank noch in derselben Nacht den Schädel ein."

Jenny schien die Version zu gefallen. Sie zog die Nase kraus. „Oder Peters Vater …"

Ein Pfiff gellte durch die Gasse. Finn winkte sie zu sich. „Kommt!", rief er. „Der Rouhde Kopp ist gleich hier um die Ecke!"

Paul seufzte. „Wir können wirklich nur vermuten, was passiert ist. Wir müssen

einfach noch mehr über den Abend herausfinden."

Es hatte nun heftig zu regnen begonnen. Paul zog die Jacke aus und legte sie Jenny über die Schultern. Finn grinste.

„Ich hab schließlich ein dickes Hemd an“, nuschelte Paul.

Zweimal schwappte von einem Dachfirst eine Ladung Wasser genau in Pauls Kragen. Dann standen sie vor der Kneipe. Akkordeonmusik klang auf die Straße hinaus. Zwei Mägde tanzten durch den Regen.

Finn zeigte auf ein Schild, das nur noch an einer Schraube befestigt war. Es quietschte fürchterlich bei jedem Windstoß. *Der Rouhde Kopp* stand in schnörkeliger Schrift darauf. Darunter war der sehr rote Kopf eines Weintrinkers gemalt.

„Sieht eigentlich ganz nett aus“, bemerkte Finn. In diesem Augenblick wurde die Tür aufgestoßen. Ein spargeldürrer Mann flog im hohen Bogen aus der Kneipe. „Bei mir wird nicht geschnorrt!“, brüllte ihm der Wirt drohend hinterher. „Besorg dir Geld, dann gibt’s wieder Wein!“

Der Rouhde Kopp

Jenny verzog das Gesicht. „Sollen wir da wirklich reingehen?“

Die tanzenden Mägde kicherten. „Wenn ihr bezahlen könnt, ist das eine sehr schöne Schänke.“

Seufzend steckte Paul die Hände in die Hosentasche. Als er sie wieder herauszog, steckten zu seiner großen Verwunderung zwei blanke Münzen zwischen seinen Fingern. Euro waren das nicht, so viel stand fest.

„Ich gebe einen aus!“, rief Paul lachend und warf die Münzen in die Luft.

Dann traten sie ein. *Der Rouhde Kopp* war nicht gerade ein Ausflugslokal für Familien, stellte Paul sofort fest. Er war eher eine üble Spelunke, in der Tagelöhner und einfache Arbeiter ihr bisschen Lohn versoffen.

„Wir bleiben lieber dicht zusammen“, bat er die beiden anderen. Die Leute hier drin waren ihm nicht geheuer. Vier lange, eckige Tische standen in dem niedrigen Schankraum. Die meisten waren mit sechs Leuten voll besetzt. An dem runden Tisch, der gleich neben dem Eingang stand, wurde lautstark Karten gespielt. Paul kannte das Spiel nicht und hatte solche Karten auch noch nie gesehen.

Am Tisch links in der Ecke saß der Akkordeonspieler. Vor ihm standen zwei Gläser Wein. Scheinbar bezahlten ihn die anderen Gäste damit, wenn sie sich ein Lied wünschten. Rechts saßen drei Handwerker mit schwarzen Hüten und weiten Schlaghosen. Wenn sich Paul nicht irrte, waren sie Schreiner oder Zimmerleute. Zu Hause hatte er auch schon Männer in dieser Kleidung gesehen. Sein Vater hatte ihm erklärt, sie seien auf der Walz, wanderten also von Ort zu Ort und fragten nach Arbeit.

„Da!“, rief Finn plötzlich. Vom letzten Tisch sprang in diesem Augenblick ein Mann auf. Ohne sich umzudrehen, stürzte er aus der Hintertür davon. Seine Münzen, die er hastig hingeworfen hatte, kreisten noch auf der Tischplatte.

„Wer war denn das?“, fragte Paul.

„Das war Alfred, der Vorarbeiter vom Rhein“, berichtete Finn aufgeregt.

„Würde mich nicht wundern, wenn der Dreck am Stecken hat“, meinte Jenny. „Uns wollte er jedenfalls nicht noch mal begegnen. Aber warum fragen wir nicht einfach den Wirt? Der weiß bestimmt eine Menge über die Leute hier.“

Als sich die drei Kinder zum Tresen durchschlängelten, rief ihnen ein junger Kerl „Rotznasen ham hier nix verloren!“ hinterher.

Jenny streckte ihm zur Antwort die Zunge raus.

„Hö-öm!“, räusperte sich der Wirt. Seelenruhig polierte er mit einem nicht mehr ganz weißen Tuch seine Weingläser. Er war auffallend groß. Seine Lederschürze reichte ihm kaum bis zum Knie. Und dass er Kraft hatte, bewies die Flugstunde für den Trinker ohne Geld. Obwohl er zu seinen Gästen so grob sein konnte, hatte er ein friedliches

Gesicht. Von seinen runden Wangen fast verborgen wurden zwei Augen, die freundlich zwinkerten. Bis auf einen schmalen Haarkranz war sein Kopf kahl.

„Ich nehme an, ihr könnt zahlen?“, fragte er vorsorglich. „Mein Wein ist der beste von ganz Mainz, da könnt ihr jeden hier fragen.“

Die Männer antworteten mit Gemurmel. Das konnte ja oder nein oder beides bedeuten.

„Drei Cola bitte“, bestellte Finn. Schnell trat ihm Paul auf den Fuß.

„Wir hätten nur gern einen Schluck Wasser“, sagte Paul und zog sich auf einen Hocker hoch. Jenny setzte sich neben ihn. Mit etwas Mühe kletterte auch Finn auf einen Barhocker.

„Wasser?“, fragte der Wirt und lachte. „Geht an die Tränke, da gibt’s genug!“

Paul schwitzte. Hier drin fühlte er sich überhaupt nicht wohl. Aber sie mussten unbedingt noch mehr herausfinden.

Großspurig knallte er eine Münze auf den Tresen. Er hatte keine Ahnung, was sie wert war. Doch da der Wirt große Augen machte, war es sicher kein Kleingeld.

„Wir trinken aber gern aus sauberen Gläsern“, erklärte Jenny dem verdutzten Wirt. „Und Ihre Gläser sollen die saubersten in ganz Mainz sein.“

Jetzt husteten die Männer in der Schankstube.

Der Wirt grabschte gierig nach dem Geldstück und ließ es in seiner Schürze verschwinden. Schon einen Augenblick später standen drei Weingläser mit Wasser vor ihnen.

„Was wollt ihr noch?“, fragte er mit leiser Stimme. „Ich erkenne jeden Menschentyp, wenn er nur zur Tür hereinschaut: den Aufschneider, den Geizkragen, den Prahlhans, den Säufer, den Genießer. Und ich erkenne Leute, die herumschnüffeln.“ Er ließ seine Augen von einem zum anderen wandern. „Wenn ich eure Fragen beantworten soll, kostet das allerdings noch mal so viel wie das Wasser hier.“

Paul griff in seine Hosentasche, aber Jenny schlug mit der flachen Hand auf den Tresen. „Und ich erkenne gierige Wirte“, erklärte sie dem Glatzkopf energisch. „Wir haben mehr als genug bezahlt.“

Paul verkniff sich ein Schmunzeln. Wenn es um Geld ging, verstand seine Freundin keinen Spaß. Deshalb verwaltete sie auch ihre Sperrmüllkasse.

Der Wirt wurde rot. Einen Augenblick lang

befürchtete Paul, er würde sie rausschmeißen. Aber dann lächelte er.

„Schönen Fräuleins kann ich doch keinen Wunsch abschlagen“, säuselte er. „Also: Schießt los!“

Paul sah die anderen beiden an, sie nickten ihm auffordernd zu.

„Es geht um den Abend vor drei Tagen“, begann Paul. Er versuchte, seine Frage nicht nach Verhör klingen zu lassen. „Wir würden gern wissen, ob der Kalbfuß Peter hier war.“

Der Wirt brauchte nicht lange, um zu überlegen.

„Vor drei Tagen?“ Er kratzte sich mit einem Finger die Glatze. „Ja, ich erinnere mich an den Abend. Eben weil Ein-Glas-Peter hier war. Der geht ja nur selten ins Wirtshaus. Im Gegensatz zu seinem ewig durstigen Vater.“

Der Wirt lachte dröhnend. „Den alten Karl und seinen Sohn zusammen habe ich wohl vorher noch nie hiergehabt.“

Finn machte sich in seinem Block Notizen.

„Ist Ihnen sonst noch irgendwas Ungewöhnliches aufgefallen?“

Der Wirt grinste. Finns forsche Art gefiel ihm offensichtlich.

„Allerdings!“, bestätigte er. „Die beiden waren äußerst fröhlich. Sonst war der Peter auf seinen Alten ja nicht gerade gut zu sprechen. Und noch was …“

Er lehnte sich weit über den Tresen hinüber.

„Es war noch ein dritter Mann bei ihnen.“

Finn sah seinen Bruder strahlend an. „Siehst du!“, sagte er. „Die Frau ohne Zähne hat doch richtig gehört.“

Jenny rutschte unruhig auf ihrem Hocker herum. „Können Sie den Mann beschreiben?“, wollte sie wissen.

Der Wirt lachte. „Ich kann euch sogar seinen Namen sagen: Georg, der Steinmetz.“

„Was!“, platzte es aus den drei Kindern heraus. „Der Dritte war wirklich Georg?“

Der junge Mann, der sie beim Reinkommen angepöbelt hatte, stellte sich neben sie. „Georg ist schon nach Hause“, nuschelte er. „In die Hintere Bleiche, Nummer 17.“

Beinahe gleichzeitig rutschten Paul und Jenny von ihren Hockern. Beiden war klar: Sie mussten diesem Georg einen Besuch abstatten.

Der Vogel ist ausgeflogen

Es war bereits dunkel, als sie die Hintere Bleiche erreichten. Mehrstöckige Wohnhäuser pressten sich eng aneinander. Dazwischen waren einige kleine Fabrikhallen, in denen auch zu dieser späten Tageszeit noch gearbeitet wurde. Es zischte und dampfte. Ein Pferdewagen rollte mit großen Fässern beladen an ihnen vorbei. Gestank hing über dem ganzen Viertel. Mitten auf der Straße gingen zwei Polizisten mit spitzen Helmen. Ihren wachsamen Augen entging nichts. Sicher gab es in diesem Teil der Stadt öfter Prügeleien – oder Schlimmeres.

Paul fror. Er schielte ein wenig neidisch zu Jenny, die sich seine Jacke noch fester zuknöpfte. Finn allerdings, mit seinem Matrosenanzug, musste es noch schlechter gehen als ihm.

Vor dem Haus Nummer 17 blieben sie stehen. Es war eine schäbige Mietskaserne.

Hinter manchen Fenstern brannten Lichter. Aus einer Wohnung drang Lärm. Es klang nach einem Ehestreit. Unten, auf der Treppenstufe, kauerten zwei kleine Mädchen. Eine Kerze in einem Einweckglas flackerte neben ihnen. Sie hatten sich mottenzerfressene Decken umgehängt und schielten zu einem der Fabriktore hinüber. Lustlos schoben sie sich mit den Füßen immer wieder einen Kiesel zu.

„Wir haben ein Problem", meinte Finn. Er zählte laut die Stockwerke des Hauses.

„Fünf Stück! Da wohnen mindestens fünfzig Leute drin. Und wir wissen nur, dass der Steinmetz Georg heißt."

Jenny zog die Nase kraus. Sie ging zur Haustür und untersuchte die Wände an beiden Seiten.

„Briefkästen gibt es hier keine!", rief sie Finn und Paul zu. „Und Klingeln auch nicht!"

Paul hatte eine Idee. Er ging zu den beiden Mädchen.

„Hallo!", grüßte er freundlich. „Kennt ihr einen Mann, der Georg heißt?"

Wie Schildkröten streckten die Mädchen ihre Köpfe aus der Decke. Ihre Haare waren lange nicht mehr gekämmt worden.

„Der Georg? Der wohnt im dritten Stock links", erklärte das blonde Mädchen.

Ihre Freundin nickte. „Da wo Klüpfel und Eisen über der Tür hängen, das Werkzeug vom Steinmetz."

Paul bedankte sich und wollte in den Hausflur gehen. Dann besann er sich anders. Er holte die zweite Münze aus seiner Tasche.

„Hier, die ist für euch“, sagte er. „Als Leihgebühr für euer Windlicht.“

Die beiden Mädchen starrten ihn aus großen runden Augen an. Das blonde betrachtete ungläubig die Münze und steckte das Geldstück dann in ihr Kleid. Die andere hielt Paul das Licht hin.

„Danke!“, sagte Paul. Er leuchtete in den Flur. Er war nicht sehr groß, ganz hinten war eine Tür zum Hinterhof. Links führte eine Treppe nach oben.

Alle drei drückten sich eng aneinander. Ohne die Kerze der Mädchen wären sie hier im Dunkeln aufgeschmissen gewesen. Als sie die ersten Stufen hinter sich hatten, blieb Paul stehen.

„Ich glaube, es ist besser, wenn einer von uns draußen bleibt“, schlug er vor. „Falls uns Georg bedroht, kann derjenige Hilfe holen. Freiwillige?“

Finn reckte sofort die Hand in die Höhe. „Ich!“, sagte er.

Jenny nickte. „Das ist eine gute Idee. Und dich hat er auch noch nicht gesehen. Das könnte uns nützlich werden.“

„Wenn ihr Hilfe braucht, pfeift ihr einfach dreimal, dann renne ich los und hole die Polizisten“, sagte Finn aufgeregt.

Er strahlte über beide Ohren. „Und wenn sich jemand Verdächtiges nähert, dann lasse ich meinen Superheldenpfiff los. So!“

Finn steckte sich vier Finger in den Mund, aber Jenny hielt ihn zurück. „Wir werden den Pfiff erkennen, Finn. Los jetzt!“

Finn drehte sich auf dem Absatz um und stürmte nach draußen. Paul konnte sich genau vorstellen, wie ernst sein kleiner Bruder die Aufgabe nehmen würde. Wie einer der Polizisten würde er vor dem Haus auf und ab marschieren.

Jenny und er stapften weiter die steile Treppe hinauf.

„Wie erklären wir denn eigentlich, warum wir hier sind?", wollte Paul wissen. Sie waren jetzt im zweiten Stock. Es roch nach alter Kohlsuppe.

Jenny schnaufte. „Hm. Wir fragen ihn einfach, was er über den Diebstahl weiß. Vielleicht verstrickt er sich ja in Widersprüche."

Paul grinste. Jenny klang schon wie eine echte Hauptkommissarin.

„Dann muss unser Vater diesmal Vorsitzender im Kirchenrat sein oder so. Aber gab es den damals schon?"

Jenny zuckte mit den Schultern. „Probieren wir es aus."

Sie hatten den dritten Stock erreicht. Paul leuchtete im Kreis. Vier Türen gingen vom Flur ab. Über der schmalsten Tür, ganz links, hing tatsächlich eine Art Meißel und ein hölzerner Hammer, der wie eine Keule aussah.

„Wir sind da", murmelte Jenny. Pauls Herz raste. Georg war gefährlich, das spürte er. Und Steinmetze waren stark wie Ochsen.

Jenny hob die Hand, um zu klopfen. Doch einen Zentimeter vor der Tür stoppte sie. „Ich traue mich nicht", gestand sie.

Paul holte tief Luft. „Ich auch nicht. Trotzdem, es muss sein." Er stellte sich vor, er müsste bei seinen Nachbarn zu Hause zwei Eier zum Backen ausleihen. Da ging es ganz einfach.

Pock, pock, pock, klopfte er. Jetzt machte sich doch wieder ein Kloß in seinem Hals breit.

„Georg?", rief er leise.

Die Kerze zauberte seltsame Schatten auf Jennys Gesicht.

„Er ist nicht da", schnaufte Paul erleichtert. Er konnte es kaum erwarten, wieder unten auf der Straße zu sein.

„Das ist gut", antwortete Jenny verschwörerisch. Ihr Tonfall gefiel Paul gar nicht. Noch weniger gefiel ihm, dass seine Freundin sich nach einem rostigen Nagel bückte.

„Mach mal Räuberleiter", kommandierte sie. Paul hatte kein gutes Gefühl. Aber er stellte die Kerze auf den Boden und verkeilte die Finger ineinander. Jenny setzte ihren Fuß darauf und nahm den Meißel über Georgs Tür ab.

„Danke“, sagte sie. Sofort begann sie mithilfe des Werkzeugs den Nagel zurechtzubiegen. Sekunden später hielt sie einen Dietrich in der Hand.

„Du weißt doch, ich kann verschlossene Türen nicht leiden“, flüsterte sie lächelnd. Sie schob den Dietrich ins Schloss, drehte ein paarmal darin herum, dann machte es *Klick!* und die Tür schwang auf.

„Willst du wirklich da rein?“, fragte Paul mit zittriger Stimme.

„Natürlich!“, antwortete Jenny. Und trat ein.

Paul sah sich noch einmal hastig um, dann griff er nach der Kerze und folgte seiner Freundin. Die Tür lehnte er an. Trotz der Kerze stolperte er schon beim ersten Schritt über ein vorstehendes Brett im Fußboden.

Die Wohnung bestand nur aus einem einzigen Raum. Neben dem Herd stand ein schmales Bett. An der Wand gegenüber ein

Tisch mit zwei Stühlen, daneben ein Schrank. Paul hatte ein großes Durcheinander erwartet, aber Töpfe, Pfannen, Eimer, Besen – alles war ordentlich an Haken aufgehängt. Das Bett war gemacht, der Tisch abgeräumt. Über dem Bett hingen drei Bilder. Er sah aus dem Fenster. Finn marschierte die Hintere Bleiche auf und ab. Sie waren in Sicherheit.

„Du durchsuchst den Schrank, ich den Rest", schlug Jenny vor. „Bestimmt finden wir einen Hinweis auf Peters Tod."

Blitzschnell durchkämmte Paul die Kleidung im Schrank. Viel war es nicht. Dann klopfte er das ganze Möbelstück nach Hohlräumen ab. Nichts.

Auch Jenny zuckte mit den Schultern.

„Zu blöd", sagte sie seufzend. „Ich war mir so sicher."

Beim Hinausgehen stolperte Paul wieder über das Dielenbrett. Bevor er fluchen konnte, schoss ihm etwas durch den Sinn. Alles hier war aufgeräumt und repariert. Nur dieses Brett passte nicht zum ordentlichen Eindruck.

Paul bückte sich und schob die Kerze dicht vor sich. Er zog an dem Brett – und hielt es nach einem Ruck in der Hand. Was darunter zum Vorschein kam, raubte ihnen den Atem: Gold!

Jenny fuhr mit den Fingern durch den Schatz. Ringe, Ketten, eine Diamantbrosche und jede Menge alte Münzen.

„Der Domschatz!“, zischte sie. „Es gibt ihn also doch!“

Paul schüttelte ungläubig den Kopf. Mehr und mehr Reichtümer holte er aus dem Geheimversteck unter den Dielen. Stück für Stück breitete er auf dem Boden aus, als plötzlich ein Pfiff ertönte.

Erschrocken starrten sich Jenny und Paul an. Paul stürzte ans Fenster. Der Schock fuhr ihm in alle Glieder: Georg näherte sich dem Haus! Wie lange würde er brauchen, um bei seiner Wohnung zu sein? Dreißig Sekunden?

Schnell rannte er zurück zu Jenny. Die schaufelte bereits mit beiden Händen das Gold wieder ins Versteck. Paul wischte über den Boden. Ring um Ring, Münze um

Münze verschwand in dem Loch. Er horchte. Wie viel Zeit blieb ihnen noch, aus der Wohnung zu verschwinden?

Schritte hasteten die Stufen herauf.

Sie mussten es schaffen! Das Gold war verstaut. Aber Paul bekam das Brett einfach nicht mehr an seinen Platz. Sosehr er auch schob und drückte, es passte nicht.

„Wir müssen abhauen“, warnte Jenny eindringlich. Da wurde hinter ihnen die Tür grob aufgestoßen. Sie waren entdeckt!

Geheimes Treffen

Paul kniff die Augen zu und wartete auf sein Ende. Die Sumpfleiche hatte einen eingeschlagenen Schädel gehabt. Er war sich in diesem Augenblick sicher, dass Peter Kalbfuß mit einem Klüpfel, dem Steinmetz-Hammer, umgebracht worden war. So einer, wie über der Tür von Georg hing.

Paul zitterte am ganzen Leib, als ihn eine Hand an der Schulter packte.

„Nein!“, schrie er.

„Doch!“, rief eine Stimme. Paul schlug die Augen auf. Hinter ihnen stand Finn. Vor Anstrengung keuchte er wie eine alte Dampflokomotive.

„Ihr glaubt nicht, was gerade passiert ist“, presste Finn hervor. „Georg ist gekommen. Und ich dachte doch, ihr redet hier drin mit ihm. Da habe ich gepfiffen wie ein Wahnsinniger.“ Finn hockte sich neben Jenny und Paul. Dann holte er tief Luft. „Er wollte ins Haus. Aber kurz vor dem Eingang hat ihn jemand abgefangen. Und jetzt ratet mal, wer!“

Paul schüttelte sich. Eben noch hatte er sich tot auf dem Dielenboden gesehen.

„Alfred, der Vorarbeiter?“, vermutete er.

Finn strahlte. „Falsch! Karl Kalbfuß! Ich habe ihn am Hinken gleich erkannt. Deshalb habe ich ihn auch nicht aus den Augen gelassen. So konnte sich Georg hinter meinem Rücken dem Haus nähern. Fast wär’s für meinen Superheldenpfiff zu spät gewesen.“

Jenny wurde ungeduldig. „Und dann?“

„Der alte Kalbfuß ist unschuldig, wie ich gesagt habe“, erklärte Finn. „Er hat Georg gefragt, wo sein Sohn ist. Georg soll’s endlich verraten.“

Paul sah seinen Bruder ungläubig an. Er spürte, dass sie der Lösung des Falls jetzt ganz nahe waren.

„Georg hat gesagt, er wüsste, wo sich Peter aufhält“, fuhr Finn aufgeregt fort. „Der habe sich nur versteckt, weil alle ihn für einen Dieb halten. Aber um Mitternacht könnte der alte Kalbfuß selbst mit seinem

Sohn reden. Treffpunkt Rhein, an der Baustelle im Sumpf."

Paul legte den Arm um Finn. „Du bist ein Superdetektiv!", lobte er ihn.

Jenny klatschte ihn ab. „Und da Peter tot ist, wie wir zweifelsfrei wissen, ist eines klar: Georg plant ein weiteres Verbrechen."

Paul sprang auf. „Das müssen wir verhindern!"

Die anderen beiden nickten.

Paul dachte scharf nach. Allein konnten sie sich mit dem Steinmetz nicht anlegen. Aber sie hatten ja eine Verbündete in der Stadt.

„Jenny, du gehst zu Marie", bestimmte er. „Sie soll die Polizei alarmieren. Falls sie ihr nicht glauben, finden sie hier in der Wohnung Beweise."

Paul schob mit dem Fuß das Brett wieder ein Stück zur Seite. Finn fielen fast die Augen aus dem Kopf, so blitzte ihm das Gold im Kerzenschein entgegen.

„Fünfzehn Minuten nach Mitternacht soll die Polizei zum Rhein kommen. Sie werden die Baustelle kennen."

Jenny nickte. „Gut!“

Leise verließen die drei die Wohnung und zogen die Tür ins Schloss. Jenny hängte sogar den Meißel wieder auf. Alles sollte unberührt aussehen.

Gemeinsam liefen die drei bis zum Dom. Von hier würde Jenny mithilfe ihres Kompasses den Weg zu Marie finden.

Paul verglich seine Taschenuhr mit der Domuhr. Sie ging exakt richtig. „Beeil dich!“, schärfte er seiner Freundin ein. „Wir treffen uns an der Baustelle.“ Dann lief er mit Finn zum Stadttor.

„Wir wohnen außerhalb“, sagte Paul zu den Soldaten am Tor.

Ein Mann mit buschigen Augenbrauen sah sie scharf an. „Raus lassen wir euch immer“, schnarrte er. „Nur zurück wird’s schwer in der Nacht.“

„Vielen Dank!“, sagte Finn glücklich. „Und auf Wiedersehen!“

Nach hundert Metern erreichten sie das Rheinufer. Hier hatte ihr Abenteuer vor wenigen Stunden begonnen. Was war in der kurzen Zeit nicht alles passiert!

Paul hatte keine Mühe, die Baustelle wiederzufinden. Der Boden war nass. Trotzdem legten sich die Brüder hinter einem Busch auf die Erde. Schnell klebte Paul das Hemd am Leib. Er fror. Nebel stieg über dem Rhein auf.

Aufs Höchste angespannt verharrten sie in ihrem Versteck. Zweimal hastete ein Unbekannter an ihnen vorbei Richtung Stadt.

Die Domglocken schlugen elfmal. Noch eine Stunde mussten sie warten. Wo blieb bloß Jenny?

„Siehst du", flüsterte Finn. „Jetzt sind wir doch eine Bande."

Paul legte den Arm um seinen kleinen Bruder. Er war sehr stolz auf ihn.

Plötzlich tauchte eine weitere Gestalt aus dem Nebel auf. Georg!

„Was macht der denn schon hier?", zischte Paul.

Mit mulmigem Gefühl im Magen sah er zu, wie Georg zu arbeiten begann. Nach einer Weile erkannte er mit Schrecken, was der Steinmetz vorhatte.

„Der hebt eine Grube aus!“, stieß Paul geschockt hervor. Er ahnte, wofür das Loch sein sollte: für Karl Kalbfuß!

Pauls Herz schlug schneller. Der Nebel wurde nun immer dichter. Kaum konnte er den Schurken noch erkennen. Aber sein Ächzen klang zu ihnen herüber.

Nach quälend langen Minuten erschien ein schwarzer Umriss vor ihnen. Eine Person stapfte vom Rhein aus direkt auf sie zu.

Paul wollte aufspringen, aber Jenny hielt ihn zurück.

„Ich bin's nur", flüsterte sie.

Beinahe lautlos glitt sie neben ihre Freunde.

„Wo kommst du denn her?", wunderte sich Paul. „Bist du hierher geschwommen?"

Jenny schüttelte den Kopf. „Ich wollte nur das Gelände kennen, wenn wir einen Mörder treffen", erklärte sie.

Minuten vergingen. Nach einer Ewigkeit hörten sie, wie Georg seine Schaufel wegwarf. Langsam kam er näher. Keine zehn Meter vor ihrem Versteck klopfte er sich den Dreck von den Kleidern.

Punkt zwölf ertönte ein Schlurfen. Vater Kalbfuß hinkte heran.

Statt einer Begrüßung kam er gleich zur Sache. „Wo ist mein Sohn?", bellte er.

„Was weiß ich", antwortete Georg und lachte gemein. „Der wird sich mit seinem Anteil aus dem Staub gemacht haben!"

Karl Kalbfuß packte Georg am Kragen. Aber der kräftige Mann schüttelte ihn wie eine lästige Fliege ab.

„Es war das perfekte Verbrechen“, prahlte der Steinmetz. „Ich habe etwas gestohlen, was es gar nicht gibt, den Domschatz!“ Er lachte wieder. „Beim Ausbessern der Bodenplatten stieß ich auf alte Bischofsgräber, längst vergessen. War ganz schön eklig, den Skeletten ihren Schmuck abzunehmen! Ich war auf einen Schlag reich, hörst du, Alter! Unermesslich reich!“

Karl Kalbfuß hustete matt. „Nur zu dumm, dass dich mein Sohn dabei erwischt hat. Er ist eben eine ehrliche Haut. So hab ich ihn auch erzogen.“

Georg spuckte aus.

„Tsssä! Ehrliche Haut, dass ich nicht lache“, spottete er. „Erpresst hat er mich. Zuerst nur einen Ring für seine Braut. Aber dann wollte er plötzlich mehr.“

Der Nebel waberte dicht um die Streithähne. Paul konnte sie nur noch schlecht erkennen. Jetzt schüttelte der Alte den Kopf.

„Ich weiß, er hat es mir erzählt. In der Nacht vor drei Tagen. Erst haben wir fröhlich im Rouhde Kopp gefeiert. Aber zu

Hause gab's wieder mal Streit. Ich wollte ihm die Sache ausreden. Der Georg ist gefährlich, hab ich ihm gesagt. Außerdem kommt man in die Hölle, wenn man 'nen toten Bischof bestiehlt!"

Georg brummte. „So ist es dann ja auch gekommen. Gott hab ihn selig." Wenn sich Paul nicht völlig täuschte, machte der Gauner tatsächlich ein Kreuzzeichen.

„Was hast du mit meinem Jungen gemacht?", schnaubte der alte Kalbfuß verzweifelt.

Paul sah sich zur Stadtmauer um. Wo blieb nur Marie mit der Polizei?

„Es war ein Unglück", gestand Georg. „Genau hier haben wir uns verabredet, morgens vor der Arbeit. Fast hätte ich's noch verschlafen – war wohl ein Glas zu viel mit euch im Rouhde Kopp."

„Was ist passiert?", fauchte Karl.

Georg seufzte.

„Wir hatten Streit. Heftig. Ich hab ihn nur ein bisschen einschüchtern wollen. Aber Peter ist gestolpert. Da." Er zeigte auf einen Steinquader. „Da ist er mit dem Hinterkopf draufgefallen. War sofort tot. Was sollte ich machen? Also habe ich ihn im Sumpf vergraben."

Er ging einen Schritt auf den alten Kalbfuß zu. „Den Schatz, den nimmt mir nämlich niemand mehr! Noch zwei Wochen bleibe ich hier, zur Tarnung. Und dann bin ich weg! Ich gehe nach Amerika!"

Paul biss sich auf die Unterlippe. Die Turmglocken schlugen einmal. Viertel nach zwölf. Aber die Polizei tauchte einfach nicht auf.

„Ich gehe nach Amerika", schwor Georg erneut.

„Nein!", presste Finn hervor. Der Steinmetz hob seinen Klüpfel.

„Und einen alten Säufer wird niemand vermissen."

Paul riss den Kopf herum. Noch immer kein Anzeichen von der Polizei! Sie hatten keine Wahl, sie mussten eingreifen.

„Halt!", brüllte Paul und sprang aus dem Gebüsch. Finn und Jenny folgten ihm.

Karl Kalbfuß und Georg starrten sie einen Moment lang verdattert an.

Die Überraschung war geglückt. Georg ließ kurz den Hammer sinken. Dann lächelte er boshaft.

„Nur nicht drängeln“, spottete er. „Im Sumpf ist viel Platz.“

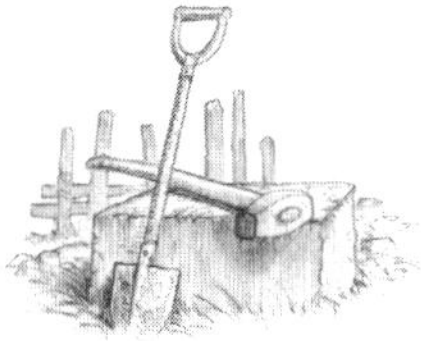

Gerechte Strafe

Georg zitterte vor Anspannung. Paul starrte ihn an. Wollte er wirklich vier weitere Menschen töten, um seinen Schatz zu retten? Finn versteckte sich hinter seinem Bruder.

„Meinen Schatz nimmt mir niemand mehr weg“, brüllte Georg. „Auch ihr nicht!“

Er hob wieder seinen Hammer. Einen Moment lang schien er zu überlegen, wen er zuerst niederschlagen sollte.

„Halt!“, dröhnte da eine Stimme über das Rheinufer. „Hände hoch! Polizei!“

Paul atmete heftig aus. Von überallher rannten nun Polizisten zur Baustelle.

Georg zögerte keinen Augenblick. Er ließ seinen Hammer fallen und verschwand Richtung Rhein im Nebel. Die Uniformierten sprinteten hinter ihm her. Paul wollte ihnen ebenfalls folgen. Doch Jenny winkte grinsend ab. „Nur keine Eile“, sagte sie. „Der kommt nicht weit.“

Während Paul sich noch über diesen Satz wunderte, ertönte vom Fluss her ein Fluchen.

„Kommt“, sagte Jenny lachend. „Das dürfen wir uns nicht entgehen lassen!“

Als die Freunde am Rhein ankamen, prusteten alle drei los. Umringt von Polizisten hockte Georg in einem kleinen Ruderboot. Durch die Planken plätscherte Wasser hinein. Jenny lächelte verschmitzt. „Wie das Loch wohl da reingekommen ist?“

Paul staunte über seine Freundin. Auf die Idee, das Rheinufer nach Ruderbooten abzusuchen, wäre er nie gekommen. Jenny aber hatte sich perfekt in den Schurken hineinversetzt und seine Flucht vorausgeahnt.

Zwei Polizisten zerrten Georg aus dem sinkenden Boot. Ein dritter sprang hinzu und rettete einen Kartoffelsack vor den Fluten.

An Land schlitzte er ihn mit seinem Säbel auf.

„Potzblitz!“, staunte der Hauptmann. „Da

hatte der verehrte Bischof mit seinem Verdacht ja doch recht: Es gibt wieder einen Domschatz!“

Georg öffnete den Mund, um zu leugnen. Aber dann merkte er wohl selbst, dass das keinen Zweck mehr hatte.

Paul schloss seine Arme um Jenny und Finn. Er war unglaublich stolz. Sie hatten nicht nur den Tod der Sumpfleiche aufgeklärt. Sie hatten sogar einen weiteren Mord verhindert. Und noch mehr hatten sie erreicht, wie er zufrieden feststellte.

Hinter dem Rücken der Polizisten zog Marie ihren goldenen Ring aus der Tasche und reichte ihn dem Vater ihres Verlobten.

„Hier hat er auch noch etwas verloren!“, rief Karl Kalbfuß und tat so, als würde er etwas vom Boden aufheben.

Der Hauptmann nahm den goldenen Ring dankend entgegen. „Wird den Bischof freuen. Und wie ich hörte, ist eine Belohnung ausgesetzt. Nicht wenig, erlaube ich mir jetzt schon zu verraten. Die könnt ihr euch teilen.“ Anscheinend dachte der Polizist, dass Marie und der alte Kalbfuß gemeinsam dafür gesorgt hatten, dass der Verbrecher geschnappt wurde.

Marie lächelte unter Tränen.

„Ach Mädchen, es tut mir leid“, sagte Karl zu ihr. „Ab heute ist Schluss mit der Sauferei, das verspreche ich. Und wenn wir zwei doch noch Freunde werden, würde das den Peter sicher freuen.“

Marie wischte sich eine Träne aus dem Augenwinkel. „Ja“, antwortete sie gefasst. „Ja, das würde es.“

Die Polizisten verschwanden mit ihrem Gefangenen Richtung Stadt. Die Kinder hatten sich im Hintergrund gehalten, aber jetzt kamen Marie und Peters Vater zu ihnen und bedankten sich für ihre Hilfe. Dann gingen auch sie zurück nach Hause. Die drei sahen ihnen nach. Durch den Nebel hindurch waren nur die Türme des Doms zu sehen. Als wollten auch sie sich bei den dreien bedanken.

Plötzlich zuckte Paul zusammen. In seiner Tasche piepste etwas.

„Das Handy!“, rief er überrascht. In den letzten Stunden hatte er es ganz vergessen.

Alle drei schoben ihre Köpfe über den kleinen Bildschirm. Eine SMS erschien.

habt ihr den fall gelöst?

Finn nickte. „Klar haben wir!“, rief er übermütig.

Jenny runzelte die Stirn. „Und wie sollen wir antworten?“

Paul dachte nach. Dann klickte er die Fotos durch. Bei Georgs Bild stoppte er. Wenn es doch eine Absendetaste gäbe. Auf einmal leuchtete das Foto auf – und verschwand mit einer kleinen Melodie. Wohin, das erfuhren sie leider nicht. Auch nicht, wieso sich die Bilder der anderen Verdächtigen von allein löschten.

Kaum war die Melodie verklungen, als es urplötzlich taghell wurde. Paul kniff die Augen zu. Als er sie wieder öffnete, standen sie noch immer an derselben Stelle. Nur gut 150 Jahre später. Sie waren wieder zu Hause!

„Hey!“, schimpfte der Archäologe. „Ihr seid ja immer noch da!“

Jenny kicherte. „Ja, wir sind eben gespannt, was Sie über den Toten herausfinden werden.“

Lachend stiegen die drei Freunde auf ihre Fahrräder und fuhren heim.

Mainz und der Dom

Den Auftrag zum Bau des Mainzer Doms gab Bischof Williges wahrscheinlich im Jahr 975. Ausgewählt wurde eine Stelle nicht weit vom Rhein entfernt. Nach mehreren Jahrzehnten Bauzeit wurde der Dom am 29. August 1009 feierlich eingeweiht. Bei der Feier fing er jedoch Feuer und brannte bis auf die Grundmauern nieder. Viele Jahrhunderte lang wurde das Gotteshaus immer wieder durch Feuer, Blitzeinschlag oder Plünderungen zerstört. In Kriegszeiten wurde es sogar als Schweinestall benutzt. Unzählige Architekten bauten den Dom danach stets wieder auf. Auch heute noch sind Steinmetze damit beschäftigt, das riesige Gebäude instand zu halten.

Das sumpfige Rheinufer vor Mainz wurde ab 1847 trockengelegt und aufgeschüttet. Dadurch verengte sich der Fluss um fast 500 Meter. Hauptsächlich sollte das so gewonnene Land Platz für gewaltige Wehranlagen bieten, um Angriffe vom Rhein aus zu verhindern.

Bald darauf aber entstanden am Ufer auch Wohnhäuser und der erste Bahnhof der Stadt. Heute kannst du die Promenade entlangschlendern und die großen Frachtschiffe beobachten.

Die ersten 20 Lebensjahre verbrachte **THiLO** in der Kinderecke der elterlichen Buchhandlung. Anschließend schaute er sich in Afrika, Asien und Mittelamerika um, bevor er mit Freunden als Kabarett-Trio „Die Motzbrocken“ erfolgreich durch die Lande zog (Grazer Kleinkunstpreis, Hessischer Satirepreis).
Heute lebt THiLO mit seiner Frau und vier Kindern in Mainz und schreibt neben seinen Romanen Geschichten und Drehbücher, u. a. für Siebenstein, Sesamstraße, Schloss Einstein und Bibi Blocksberg.
Mehr über THiLO und seine Geschichten erfahrt ihr im Internet unter www.thilos-gute-seite.de.

Hauke Kock wurde 1965 in Schleswig-Holstein geboren. Als Kind fiel er in ein Fass mit Zeichentusche, seitdem kann er nicht mehr aufhören zu zeichnen und zu malen.
Er studierte Kommunikations-Design in Kiel. Schon als Student verfasste und illustrierte er Kinderbücher. Seit 1993 ist er selbstständiger Illustrator.

3 für alle Fälle

Band 2

Wieder hat die Geisterbande zugeschlagen und ist mit ihrer Beute spurlos verschwunden. Die Dorfbewohner fürchten sich, aber die drei Freunde glauben nicht an Geister und stoßen schon bald auf Verdächtige. Doch solange das Diebesgut nicht gefunden wird, können sie nichts beweisen …

Loewe